GW00402047

LE BEST OF COLUCHE

Orphelin de père, Michel Colucci dit Coluche commence à travailler dès l'âge de quinze ans. Multipliant les petits boulots, il se confronte aux différentes classes sociales, source d'inspiration pour ses sketches futurs. Avec le comédien Romain Bouteille, il loue un atelier qu'ils rebaptisent « Le Café de la gare ». Coluche quittera ensuite l'équipe pour présenter son premier one man show : *Mes adieux au music-hall*. Il s'essaie également à la radio sur Europe 1, à la télévision sur Canal Plus, et au cinéma, notamment dans *Tchao Pantin* (1983), pour lequel il reçoit le César du meilleur acteur. Coluche se lance un temps dans la chanson avec l'incontournable *Schmilblick*. Il crée surtout « Les Restos du cœur », association caritative destinée à fournir des repas aux sans-logis. Emporté à 41 ans dans un accident de moto, son humour, ses mots et sa générosité lui survivent.

Le Best of Coluche

LE CHERCHE MIDI

Alors si je comprends bien, il faudrait pas que je dise du mal des Belges, il faudrait pas que je dise du mal des Arabes, il faudrait que je ferme ma gueule à propos de la politique, il faudrait que je raconte des histoires un peu moins dégueulasses et il faudrait pas que je parle la bouche pleine, mais on va jamais me payer à rien foutre !

*

Je voulais juste dire aux mecs qui téléphonent suite à mon annonce pour me vendre une DS de se calmer sur les prix. Je suis peut-être plus riche qu'eux, mais je suis pas plus con !

*

Les oreilles sont les poignées des gosses.

*

Voler, c'est quand on a trouvé un objet avant qu'il soit perdu.

*

On dira ce qu'on voudra mais se moquer de quelqu'un, c'est quand même une manière comme une autre de se foutre de sa gueule !

*

On fait pas d'aveugles sans casser des yeux.

*

Des nouvelles de la presse. Cette semaine, je suis dans *Lui.* Je préfère quand je suis dans *Elle.*

*

J'ai vu en photo dans le journal un basketteur de 2,30 m. Là, je dis c'est plus du jeu ! Y a triche ! C'est comme courir le tiercé avec un cheval de 800 mètres de long !

*

Une hôtesse de l'air violée sur le périph ! À mon avis les avions volent trop bas !

*

La météorologie est une science exacte, le problème, c'est que les météorologues ne la connaissent pas.

Dassault a gagné 12 % en Bourse. Ça va lui faire de grosses bourses ! Il va être obligé de changer de slip !

*

Les gens qui disent que je suis grossier ont raison. Je suis exactement grossier, et je me trouve même un peu seul. L'irrespect se perd et on se fout pas assez de la gueule des cons.

*

Il paraît qu'on peut attraper le sida rien qu'en s'inscrivant au Front national ! Non, je déconne, mais faut pas le dire. On peut même, si on veut, lancer la rumeur !

*

Conseil politique : achetez du SMIC, c'est ce qui augmente le moins.

*

Problèmes financiers au Vatican. On annonce une « suppression du personnel inutile ». Ils vont virer tout le monde ?

*

Nous organisons un grand concours de chèques à mon nom. Le plus gros a gagné.

*

On apprend dans la presse qu'il y a deux inspecteurs des impôts en prison. Je voudrais savoir si c'est deux en tout ou deux de plus !

*

Moi qui n'ai que les moyens d'être français, je me retrouve être un Français moyen !

*

On a longtemps cherché des idées pour améliorer le sort des hommes. Le socialisme, par exemple, c'est une idée qui essaye d'améliorer le sort des hommes. À mon avis, il faudrait commencer à chercher une idée pour améliorer les hommes. C'est urgent maintenant !

*

Voici un communiqué de la Sécurité routière : « L'année dernière, on a sauvé trente millions de vies humaines. » C'est malin, maintenant faut les nourrir !

*

Hier soir, je suis allé bouffer au resto, et après j'ai demandé à embrasser le chef. Bah oui, c'était tellement dégueulasse que lui et moi, on est sûrs de pas se revoir avant longtemps !

*

L'homme s'est mis en société pour lutter contre l'ennui et depuis il s'emmerde !

*

En photo, je rends bien. Après les repas aussi, d'ailleurs.

*

Le barbecue, en gros, c'est un appareil qui te permet de manger des saucisses pratiquement crues mais avec les doigts bien cuits.

*

J'ai été manger chez le pape. Qu'est-ce qu'il est sympa ! Mais alors elle !

*

Les grands restaurants ne veulent plus d'Américains. La différence entre le dollar et le franc est tellement importante qu'aujourd'hui il y a des pauvres américains

Les parcmètres coûtent plus cher à l'État qu'ils ne rapportent. J'ai une solution : qu'on les enlève !

qui arrivent à se payer la Tour d'argent ! Ce qui fait qu'ils voient arriver des mecs en short avec des coups de soleil sur les bras, l'appareil photo pendu à la ceinture, un chewing-gum plus gros que la bouche et qui disent : « C'est nous, on a réservé, on est les Américains ! » Ils pètent à table, ils payent en dollars, et ça leur coûte rien !

*

L'artichaut, le légume le plus sadomaso : d'abord on lui coupe la queue, ensuite on lui arrache les poils et seulement après on lui bouffe le cul !

*

Prenez donc un éclair, ils sont du tonnerre !

*

— Comment elle est, votre tarte ?
— Au poil !

*

Les yaourts ont une date de garantie. C'est parce que c'est garanti ou remboursé, les yaourts. C'est-à-dire que si vraiment tu meurs de ça, on te rembourse le yaourt.

*

Vous savez comment on appelle une frite enceinte ? Une pomme de terre sautée.

*

Tu sais ce qu'il m'a dit, Johnny Hallyday ? Il m'a dit : « Moi, tu vois, je fréquente personne dans le métier. » Alors je lui ai dit : « Mais, quand même, tu connais vachement Carlos. » Il m'a répondu : « Mais il est pas du métier, Carlos, c'est un ami. »

*

Régine, je l'ai vue au magasin essayer une robe et le vendeur, qui la connaissait, lui a dit : « Alors, on vous donne votre taille tout de suite ou on bousille une fermeture Éclair ? »

*

Vous savez la différence entre Gainsbourg et un chameau ? Le chameau peut travailler huit jours sans boire alors que Gainsbourg peut boire huit jours sans travailler !

*

Il y avait déjà des bas résille, maintenant il y a des bas Régine. C'est des collants chair, en plastique latex, que tu enfiles de force et ça tient bien la graisse... ça fait moins mou !

*

C'est normal qu'il dise du mal de moi, Collaro, qu'est-ce que tu veux qu'il dise ? Il va pas dire du bien de lui quand même !

*

Le Tour de France : quel courage ! Je me propose personnellement d'offrir une Mobylette au vainqueur pour qu'il arrête de se fatiguer en vélo.

*

Il y a deux genres de chanteurs, ceux qui chantent juste et ceux qui chantent tout juste.

*

Le disque pour l'Éthiopie, ça s'est tellement bien vendu qu'on se demande s'il y a pas d'autres pays d'Afrique qui vont devenir aussi pauvres juste pour en avoir un, de disque.

*

Mauvaise nouvelle : Jacques Chazot est mort noyé après avoir tenté de tailler une pipe au Manneken-Pis à Bruxelles...

*

Il paraît que les cordonniers sont les plus fraudeurs. Sûrement que les hommes politiques sont les plus mal chaussés.

Monsieur Raymond Barre est descendu à 43 %...
Malheureusement le sondage ne précise pas s'il s'agit
de matières grasses...

*

Moi, je fais partie de la société de protection du foin
et de l'herbe, et c'est dans ces termes que je crie : « Mort
aux vaches ! », monsieur.

*

Pour faire un bon policier, il faut un jeu de cartes et
un décapsuleur !

*

Météo. Des nuages sont partis de la Manche et vont
gagner progressivement les poignets puis les mains.

*

La pollution s'aggrave. En traversant Paris, ce matin,
je me suis rendu compte que les oiseaux, ils chantent
plus, ils toussent !

*

Je vais jamais dans les chiottes des mecs : quitte à
aller aux toilettes, autant rencontrer des gens qui sont
pas de ton sexe !

*

Vous avez vu la nouvelle pub de la SNCF ? « Laissez-vous prendre par le train ! » Comme quoi, il n'y a pas que moi qui suis dégueulasse !

*

Aujourd'hui, les enfants, si on vous demande le moindre boulot, vous dites non parce que non seulement c'est les vacances scolaires, mais en plus c'est mercredi… Double couche de vacances !

*

Je suis supporter de Lens : Vas-y Lens ! Vas-y Lens ! Putain, ils gardent toujours la balle !

*

Les voix de gauche sont limitées, même sur les autoroutes maintenant, dis donc !

*

Le reggae, c'est comme des Noirs ordinaires, sauf qu'ils sont vachement mieux coiffés !

*

Il y a une ville aux États-Unis où les gens ne meurent

jamais, et ils ont été obligés d'empoisonner le centenaire pour inaugurer le cimetière !

*

Déjà les Noirs, j'aime pas tellement, mais alors les racistes !

*

Je n'ai jamais été malade en mangeant. Jamais. Le jour où je serai malade en mangeant, je m'arrête de travailler, parce que je travaille pour manger.

*

Il y a beaucoup de mauvais chez les acteurs, et ça n'est pas forcément ceux-là qui sont chômeurs.

*

À mon avis, il n'existe qu'une très, très bonne solution pour le théâtre : c'est installer devant chaque fauteuil un interrupteur. Quand une scène plaît, les mecs allument les projecteurs. Quand ça commence à les barber, ils éteignent : à ce moment-là, les acteurs passent à la scène suivante. Là, il n'y aurait plus de chômage dans notre métier : les mecs qui se pointeraient sur scène et qui n'auraient jamais de lumière, ils feraient autre chose.

*

Faut pas croire : en comptant tous les dieux, demi-dieux, etc., il y a déjà eu soixante-deux millions de dieux depuis les débuts de l'humanité ! Alors, les mecs qui pensent que le leur est le seul bon… ça craint un max !

Le racisme et la droite, ce sont deux thèmes que j'adore parce qu'en France ça n'existe pas ! Tu demandes à n'importe qui : « Êtes-vous raciste ? De droite ? » Tout le monde te répond : « Non. »

*

Le fait qu'on élise président celui qui était ministre des Finances… Ce sont les taulards qui élisent un geôlier pour remplacer le directeur qui est mort !

*

Voilà la France ! Un jour, vous prenez une contravention pour « stationnement gênant » : le lendemain, au même endroit, il y a un parcmètre, le stationnement n'est plus gênant ! Et les gens marchent ! Moi, j'attends que cela m'arrive pour faire un procès…

*

Les mecs qui font de la politique ne font pas ce qu'ils veulent, ils font ce qu'ils peuvent ! Ils ne tirent pas les ficelles, ils sont tirés par les ficelles !

*

Il y a une belle différence entre les progrès de la science et l'esprit des hommes ! Ils se sont battus pour aller sur la Lune, mais ils n'avaient rien à y foutre ! Quand ils sont arrivés là-haut, d'ailleurs, ils s'en sont aperçus. Résultat : ils n'y vont plus. Vous voyez qu'on vit une époque formidable !

*

— *Qu'est-ce que vous écrirez sur votre pierre tombale ?*
— J'sais pas, je réfléchirai quand je serai malade.

*

J'ai pratiquement toujours eu de mauvaises critiques et j'ai pratiquement toujours fait le plein. À l'exception de *Ginette Lacaze* qui obtint de très bons « papiers » et qui fit un bide noir. Hélas ! On n'est même pas sûr que lorsqu'une critique est mauvaise, le spectacle soit bon…

*

Nous, on gueule surtout contre Hitler mais les États-Unis ont fait quinze millions de morts quand ils ont envahi les Indiens qui n'avaient pas été assez stricts avec l'immigration.

*

Pour moi, l'important, ce n'est pas d'avoir plus d'argent, c'est d'en avoir assez.

*

Pour faire un mauvais musicien, faut au moins cinq ans d'études, tandis que pour faire un mauvais comédien il faut à peine dix minutes…

*

Dès que je me rends compte qu'un journaliste ne saura pas quoi dire, je l'engueule et je le vire. Comme ça, au moins, il aura quelque chose à raconter. Et puis si ça se trouve, il allait me faire un petit article. Au lieu de ça, sur un coup de colère il va m'en faire un gros pour m'insulter. C'est ça qu'est bien.

*

Mon programme politique ? L'hiver moins froid, l'été moins chaud.

*

Je mange beaucoup, je bois autant que je peux, je baise toutes les filles qui se présentent, je fume du hasch, je joue aux courses, j'ai tous les défauts des Français.

*

On m'a dit : « Ta candidature risque d'enlever des voix à la gauche et de la faire tomber au plus bas. » Mais qu'est-ce que tu veux que ça me foute ? Si la gauche devait tomber, et que c'est un clown qui peut

la faire tomber, t'avoueras qu'elle tenait pas beaucoup !

*

Quand on prend des idées à gauche et à gauche, on va
à gauche. Si on prend des idées à droite et à droite, on
va à droite. Si on prend des idées à gauche et à droite,
on va tout droit.

*

En 14, il y a eu un civil tué pour dix militaires. En
40, c'était cent civils pour un militaire. Comme quoi,
dans la prochaine, y a intérêt à être militaire pour rester
vivant.

*

Le gros défaut du président de la République, c'est
qu'on l'élit pour faire ce qu'on veut, et dès qu'il est élu,
il fait ce qu'il veut.

*

Quand un journaliste politique pose une question
improvisée à la télé, il y a deux catégories d'hommes
politiques : ceux qui lisent la réponse et ceux qui l'ont
apprise par cœur.

*

Il y a des gens qui s'usent à travailler pour que les produits s'usent plus vite. C'est dément ! Mais si le produit ne s'use pas, ton usine ferme une fois que tout le monde l'a acheté. Les lames Gillette avaient produit une lame inusable. Évidemment, gros succès. Ils ont coulé tous les concurrents et au bout d'un moment, fin du coup ! Tout le monde en avait une ! Eh bien, mon pote, ils ont fait une campagne de pub pour dire : « Ramenez-moi votre lame Gillette, je vous en donne deux ! » Tu te rends compte ? Les mecs se sont laissé faire. Ils avaient une lame inusable, ils l'ont changée pour en avoir deux. C'est balèze !

*

Moi, je suis pour le mélange des races. C'est ce qu'il y a de mieux. La preuve, c'est que quand tu vois une photo de la famille d'Angleterre, t'as pas envie d'en être. On se dit, merde, putain ! vivement que les Arabes viennent baiser leurs femmes et que ça se renouvelle !

*

Je préfère le cinéma américain. En France, c'est habituel de penser qu'il est normal qu'il y ait une demi-heure de chiant dans un film. C'est une mauvaise idée.

*

C'est tout petit, la Belgique : tu fais un excès de vitesse, t'es déjà à l'extérieur…

Mon poids, je m'en fous. Il y a juste un moment où il faut que je choisisse entre mon bide ou faire creuser les réservoirs de mes motos.

*

En racisme, le plus souvent, il n'y a pas de mauvais sentiments mais un mauvais voisinage.

*

En France, comme dans le monde, il y a des courageux et des fainéants. Ce n'est pas juste que les courageux soient au chômage, puisque apparemment les chômeurs réclament du boulot, alors qu'à chaque fois que l'on arrive dans une administration ou un commissariat, tu vois un fainéant qui bosse. On pourrait peut-être les changer. Mettons les fainéants au chômage et faisons bosser les chômeurs qui sont courageux. On gagnerait en productivité.

*

Les politiciens, ils commencent toujours par croire ce qu'ils disent et finissent toujours par avoir des doutes. C'est comme la religion : le mec qui rentre dans les ordres quand il est jeune, il a plus de chances de croire en Dieu que celui qui en sort pape.

*

On est en train de fêter le 40ᵉ anniversaire de la fin de la guerre. Et c'est une fête nationale ! Pendant plusieurs jours la télévision nous a parlé de guerre. C'est de la publicité. On voudrait lancer la guerre, on ne ferait pas mieux.

*

Des sondages ont révélé que 82 % de la population pensent que les hommes politiques ne disent pas la vérité. Imaginez que l'un deux obtienne ce pourcentage aux élections, il serait élu haut la main.

*

N'étant pas licencié international, j'ai demandé une dispense de licence pour tenter un record du monde moto. On a calculé qu'il durerait dix-sept secondes. Donc, je peux les trouver facilement dans mon emploi du temps.

*

Love me, tender… La vache ! Qu'est-ce qu'on a emballé avec ça… Les slows ! J'te dis pas… Les larmes jusque dans le fond du froc !…

*

— *Qu'est-ce que tu penses de Bruce Springsteen ?*

— Il me fait l'effet d'un mec qui se défonce à rien. C'est les pires.

*

Je ferai aimablement remarquer aux hommes politiques qui me prennent pour un rigolo que ce n'est pas moi qui ai commencé.

*

Si jamais nos hommes politiques se mettaient à tenir les promesses qu'ils font, il leur faudrait le budget des États-Unis.

*

Si la gauche en avait, on l'appellerait la droite !

*

Citez-moi un ministre de l'Intérieur qui n'a pas une gueule de voleur, d'assassin ou de méchant dans un film policier ?

*

Les hommes politiques, il y en a certains, pour briller en public, ils mangeraient du cirage.

*

À cette époque où tout augmente, nous sommes heureux d'apprendre que les kilomètres, les mètres et les centimètres n'ont pas varié depuis le dernier septennat. Bravo !

*

J'ai décidé de militer. Chaque fois que je prends le taxi, je ne donne pas de pourboire et je dis au chauffeur : « Vous vous rappellerez : je suis du RPR… »

*

À quoi ça sert, le pouvoir, si c'est pour ne pas en abuser ?

*

Je crois que la grande différence qu'il y a entre les oiseaux et les hommes politiques, c'est que de temps en temps les oiseaux s'arrêtent de voler.

*

À la télé polonaise, les informations : « Météo : 30 degrés ou de force. »

*

Jean-Marie Le Pen n'a pas de sang arabe. Ou alors sur son pare-chocs, peut-être.

*

Bangkok, c'est une grande ville pauvre, pleine de Jaunes. Ils l'ont construite au niveau de la mer, mais juste un petit peu en dessous, cinquante centimètres en dessous. Ce qui fait que, quand il pleut, et il pleut souvent, on a tout de suite les pieds dans l'eau. C'est amusant. Sauf pour ceux qui dorment par terre.

L'extrême droite a 10 % en France, comme les imprésarios. Sauf que les imprésarios crachent pas sur le noir en général !

*

La CGT : le Cancer généralisé du travail. À ne pas confondre avec FO, Farce ouvrière. Krasucki n'est pas d'accord avec cette définition ; il a raison, le cancer évolue – la CGT, non.

*

Vous savez ce que c'est qu'une fillette vierge en Turquie ? C'est une petite fille qui court plus vite que son père.

*

La droite a gagné les élections. La gauche a gagné les élections. Quand est-ce que ce sera la France qui gagnera les élections ?

*

Les Cambodgiens, il paraît qu'il n'y en a plus. Il paraît qu'il y a moins de Cambodgiens vivants que d'éléphants en Afrique ! Et pourtant des éléphants, il n'y en avait pas lourd. C'était une race en voie de disparition. Le Cambodgien, c'est pire. Le mec qui en a adopté un couple l'année dernière, il a fait une affaire, on n'en trouve plus. Simplement, on ne sait pas s'ils vont se reproduire en captivité.

*

Devise syndicaliste : luttons pour le minimum, l'espoir fera le reste.

*

D'aucuns diront que le syndicalisme est à la société moderne ce que le Mercurochrome est à la jambe de bois.

*

À ceux-là je dirai : « Rappelez-vous l'essentiel : le capitalisme, c'est l'exploitation de l'homme par l'homme ; le syndicalisme, c'est le contraire ! »

*

En France, on est tout le temps en train de voter. Et puis quand on vote pas, ils nous sondent. Mais non… avec des journaux. Remarquez, le résultat est le même, hein ! On l'a toujours un peu dans le cul !

*

Les gens sont fainéants quand ils sont au boulot, mais dès qu'ils sont au chômage ils ont envie de travailler.

Vous savez certainement ce que c'est qu'un quatuor en URSS ? C'est un orchestre symphonique qui revient d'une tournée aux USA.

*

On devrait inventer l'alcootest politique, on devrait faire souffler les hommes politiques dans un ballon pour savoir s'ils ont le droit de conduire le pays au désastre.

*

Ce qui nous coûte cher en France, c'est la bombe. Non seulement elle coûte un fric fou mais, en plus, elle ne sert à rien. Elle est trop petite pour attaquer les autres. Nous sommes des assassins en impuissance.

*

Les gens élisent un président de la République et, après, ils disent : c'est quand même un mec formidable, puisqu'il est président de la République.

*

Chirac est prêt à tout pour y arriver. Beaucoup d'hommes politiques vendraient leur mère, Chirac, lui, en plus, il la livre !

*

Camarade balayeur, à partir de demain, grâce au syndicalisme, tu seras l'égal du patron ! Mais je te préviens, c'est toujours toi qui ramasseras la merde et tu seras toujours payé moins cher.

*

Qu'est-ce qu'il est bien, Pinochet ! Ils ont interviewé sa femme, et tu sais ce qu'elle a dit, sa femme ? Elle a dit : « Il est un petit peu dominateur. » Dominateur commun, sans doute, car tout le monde y a droit !

*

Le Pen dépasse les borgnes : à la télé il fait führer.

*

Il y a plus de pédés que de membres du RPR, et pourtant c'est le RPR qui gouverne !

*

Il paraît que la presse a tué un ministre ! Dis donc… par rapport à ce qu'elle en fait vivre… c'est pas très grave, hein ?

*

Je ne savais pas qu'il y avait des jeunesses communistes, je savais qu'il y avait des vieillesses communistes.

*

Les gens gueulent après Hitler, mais on l'a surtout connu pendant la guerre, cet homme-là ! Et puis de Gaulle lui doit tout !

*

Ça me fait marrer quand on dit que les gens parlent comme moi. C'est moi qui parle comme eux ! Je leur ai tout piqué, je leur pique tout. Ils sont ma seule inspiration.

*

Ce n'est pas difficile d'être une vedette. Ce qui est difficile, c'est d'être un débutant.

*

Il ne faut pas entrer sur scène en se disant : « Combien ils sont ? Combien je vais gagner ? » Sinon, un soir, on se surprend à compter les pompiers de service.

*

Ce que je peux dire sur les uns et les autres, si ça amuse les uns, tant mieux ; si ça fâche les autres, tant mieux !

*

J'ai eu comme professeur le doyen de la faculté, qui les avait plus, d'ailleurs, ses facultés. C'est un type, il nous vendait de l'intelligence, et il en avait pas un échantillon sur lui !

*

Heureusement que tout le monde ne fait pas comme moi. Ça serait un de ces bordels, le monde ! D'ailleurs, c'est un beau bordel, hein ? Je me demande si tout le monde ne fait pas comme moi !

*

Les gens se déplacent pour me voir. Ils paient, et après ils disent : « Tout seul sur scène pendant une heure et demie ! Tout de même ! Il est formidable ! » Et pourtant, si les gens n'étaient pas venus, je ne serais pas resté.

*

Ma grand-mère disait toujours qu'il faut boire un Ricard avant chaque repas pour ne jamais être malade. C'est vrai, mon grand-père était toujours en pleine forme. Il faut dire qu'il avait trois bons mois d'avance.

*

— Dans une île déserte, vous emporteriez des livres ?

— Je ne sais pas, je n'ai aucune crainte que cela m'arrive ! D'ailleurs, les îles désertes, cela n'existe plus, il n'y a plus que la question qui existe !

J'ai mis dans une enveloppe ce que je mettrai sur mon épitaphe en partant, c'est : « Démerdez-vous ! »

*

Franchement, je suis capable du meilleur comme du pire, mais, dans le pire, c'est moi le meilleur.

*

Les comiques ne sont jamais drôles dans la vie, sauf moi.

*

J'ai toujours pensé qu'il fallait être gros pour réussir ! En France, seuls les gros sont marrants.

*

La popularité, c'est comme le parfum. Un peu, c'est agréable. Faut pas tomber dans le bocal. Sinon ça devient une odeur. On la trimbale partout.

*

Je voudrais lancer sur le marché, et sur tous les panneaux d'affichage, la « lessive ordinaire ». Toutes les autres lessives disent : « Notre lessive est beaucoup mieux que la lessive ordinaire. » En cette époque de publicité comparative, je leur ferai à tous des procès que je gagnerai ! Je vais aussi écrire un livre. Il s'appellera *Achetez mon livre*.

*

Quand on me fait chier, j'envoie pas l'avocat, mais mon poing dans la gueule. Pas besoin de sous-titres.

*

Si j'ai l'occasion, j'aimerais mieux mourir de mon vivant !

*

J'aimerais bien faire une carrière américaine. Parce qu'il y a deux choses avec lesquelles il ne faut pas plaisanter dans la vie, c'est l'argent et les dollars.

*

Quand je serai grand, je voudrais être vieux !

*

On peut toujours trouver plus con que soi. Regardez-moi !

*

À Paris, la plus courte distance entre deux points, c'est toujours celle où il y a des travaux.

Mon père voulait que j'aille à l'école. Bon, j'y vais. J'arrive, je vois « RALENTIR ÉCOLE ». Ils ne croyaient tout de même pas qu'on allait y aller en courant !

*

Je ne suis pas allé partout, mais je suis revenu de tout.

*

On m'a dit que pour réussir dans le cinéma, il fallait coucher avec le metteur en scène. J'ai bien essayé mais, enfin, ceux qui voulaient, ce n'étaient pas les meilleurs.

*

Ma mère nous habillait pareil, avec ma sœur. Elle voulait qu'on soit impeccables. Une spécialité de pauvres. Comme avoir de grandes idées.

*

Je suis allé à l'école jusqu'à treize ans, j'ai raté le certificat d'études primaires, parce que l'expression ne me plaisait pas. Je ne voulais pas posséder un truc primaire.

*

Si on voulait me décerner la Légion d'honneur, j'irais en slip pour qu'ils ne sachent pas où la mettre.

*

Vous savez comment c'est, notre métier ? Quand on fait un bide, tout le monde sait pourquoi ; quand on fait un succès, personne ne sait pourquoi.

*

Homme politique, un métier difficile ? C'est pas vrai ! Les études, c'est très simple, c'est cinq ans de droit et tout le reste de travers.

*

J'ai pas le cancer. Pour une raison simple, c'est que j'ai pas vérifié.

*

Honni soit qui manigance !

*

Je suis emmerdé : je suis peut-être un grand peintre et je ne le sais pas.

*

Mon grand-père est mort dans des souffrances terribles. Il disait au médecin : « Je souffre, docteur, je souffre. Laissez-moi mourir. » L'autre lui dit : « Mais je vous en prie, j'ai pas besoin de conseils, je connais mon métier. »

*

Le véritable artiste, c'est celui qui dure. Parce que, dans le métier, pour avoir du génie, faut être mort ; pour avoir du talent, faut être vieux ; et quand on est jeune, on est des cons.

*

Les critiques sont de vieux imbéciles incapables de faire un autre métier alors que la majorité des artistes sur le retour pourraient très bien devenir critiques !

*

Si le théâtre avait dû faire comprendre aux gens la réalité de la bêtise, Molière y serait arrivé avant nous.

*

Ça change la vie, d'être vedette. Énormément. Vous n'avez pas moins d'amis, mais davantage d'ennemis.

*

— *Si vous aviez trois vœux à formuler…*

— **Ben… Une baguette magique, une deuxième baguette magique et… une troisième baguette magique… de couleurs différentes.**

Érections pestilentielles : rose promise… chômdu !

*

Les journalistes ne croient pas les mensonges des hommes politiques, mais ils les répètent ! C'est pire !

*

Ce qu'elle va faire, la gauche ? Elle va faire pitié, comme d'habitude.

*

Un bon gouvernement doit laisser au peuple assez de richesses pour qu'il puisse supporter sa misère. Et tout ira pour le mieux.

*

Enfin une grossièreté gratuite dans ce monde pourri par l'argent : j'emmerde les hommes politiques !

*

Moi, les hommes politiques, j'appelle ça des timbres. De face, ils vous sourient, ils sont figés. Mais si jamais vous leur passez la main dans le dos, alors là, ça colle !

*

La moitié des hommes politiques sont des bons à rien. Les autres sont prêts à tout.

*

La politique, c'est pas compliqué, il suffit d'avoir une bonne conscience, et pour cela il faut juste avoir une mauvaise mémoire !

*

Rappelez-vous toujours que si la Gestapo avait les moyens de vous faire parler, les politiciens ont, eux, les moyens de vous faire taire.

*

Syndicats : entre deux cons alcooliques qui ne sont pas d'accord, je suis toujours pour celui qui est de la CGT.

*

Tu sais comment on appelle un Noir avec une mitraillette, en Afrique du Sud ? On l'appelle monsieur.

*

Tout le monde a des idées : la preuve, c'est qu'il y en a de mauvaises.

*

Françaises, Français, cette année, c'était très bien. Le pays va mieux que l'année prochaine !

Les Russes, sur leurs maillots, il y avait écrit CCCP. Ils ont été obligés de changer. Les Mexicains croyaient que ça voulait dire « CouroucoucouPaloma ».

*

La politique, c'est un petit peu comme le flirt… Si on veut aller plus loin, à un moment, il faut aller plus près.

*

Vous savez que les hommes politiques et les journalistes ne sont pas à vendre. D'ailleurs, on n'a pas dit combien.

*

Pour les manifestations, il faut des autorisations. Alors c'est entre République et Nation. Les autorités vont pas le permettre entre l'Étoile et la Muette, hein ? vu que c'est là qu'ils habitent ! Alors entre République et Nation, ils ont le droit, les manifestants, très souvent ! Et à Créteil, entre la gare et la poste, c'est tous les jours, s'ils veulent !

*

On se demandait à quoi servaient les frontières ? On a trouvé. Regardez, la catastrophe russe, là… nucléaire :

Tchernobyl. En Allemagne, c'était très grave. En France, c'était pas grave. C'est la frontière !

*

Y voudraient qu'on soit intelligents et y nous prennent pour des cons... Ben, comment on fait, alors ?

*

En URSS, tout le monde va pouvoir sortir du pays, maintenant... à condition d'avoir plus de soixante-quinze ans et une autorisation de ses parents.

*

Le gouvernement s'occupe de l'emploi. Le Premier ministre s'occupe personnellement de l'emploi. Surtout du sien.

*

Au Chili, un mec demande à un autre :
— Qu'est-ce que t'en penses, toi ?
— Bah, comme vous !
— Bah, je t'arrête alors !

*

Grâce à l'armement nucléaire, puisque nous sommes nés par erreur, peut-être mourrons-nous par erreur.

*

On est bien obligé de détruire par le feu et le sang des pays et des peuples entiers pour qu'il y ait des pauvres, car personne ne veut l'être.

*

Le mois de l'année où le politicien dit le moins de conneries, c'est le mois de février, parce qu'il n'y a que vingt-huit jours.

*

Et maintenant un conseil à tous les sucres amoureux de petites cuillères : ne vous donnez pas rendez-vous dans un café !

*

Je rappelle aux jeunes mariés qu'il ne faut servir que des ailes de poulet à leurs femmes. Bah oui, c'est une tradition, pendant la lune de miel, on ne serre pas les cuisses !

*

Méfiez-vous si vous allez en Écosse, vous risquez

C'est pas parce qu'ils sont nombreux à avoir tort qu'ils ont raison !

l'attentat à la pudeur si vous vous épongez le front avec votre kilt !

*

La bigamie, c'est quand on a deux femmes. Quand on n'en a qu'une, c'est de la monotonie.

*

Vous savez ce qui est noir, qui fume et qui pend au plafond ? Un électricien qui a eu un accident de travail.

*

Quand j'étais gamin, je jouais à pile ou face avec une pince et une gomme. Bah oui, la pince épile et la gomme efface !

*

Depuis que j'ai vu les Rolling Stones à la télé, je me suis remis à aimer les vieux.

*

Une strip-teaseuse de soixante-quinze ans fait fureur en Angleterre. Elle, c'est Alice au pays des cartes Vermeil !

*

Accident d'une fusée belge. Elle s'est enfoncée dans la terre au démarrage. À mon avis, ils avaient monté l'élastique à l'envers.

*

On vient d'apprendre que les roux ont en moyenne 80 000 cheveux, alors que les bruns et les blonds en ont en moyenne 140 000. Par contre, il y a plus de roux que de blonds. Comme quoi, ça va, on a des roux de secours.

*

L'accordéon, c'est dégueulasse. Moi, j'y touche pas. C'est un instrument qu'a été malade. Il est encore plein de boutons.

*

Le problème des hommes politiques, c'est qu'y a pas de place pour tout le monde dans les cabinets ministériels ! Bah oui, y a un loquet ! Et c'est pour ça que les autres font de drôles de gueules !

*

Serge Gainsbourg, c'est toujours métro-goulot-dodo !

*

« Ça se rafraîchit ! » comme on dit quand on a rien à dire !

*

J'avais un prof d'anglais qu'était vachement frappé et que j'appelais Eagle. L'aigle, en anglais. En fait je l'appelais Eagle simplement parce qu'il gueulait tout le temps.

*

Jean-Marie Le Pen a déclaré que les Restaurants du Cœur étaient une opération trompe-l'œil. Ce qui, effectivement, est emmerdant pour lui qu'en a qu'un.

*

J'ai passé un excellent week-end : je me suis pendu, mais la corde a cassé.

*

Pourquoi un prêtre aurait pas le droit d'être homo ? On peut tout à fait aimer Jésus et les garçons. D'ailleurs, Jésus, c'est un garçon…

*

Les gens disent tout le temps : « Moi, j'ai voté pour celui-là, et puis maintenant, au lieu de foutre du pognon dans les écoles, il met du pognon dans les prisons ! » Hé ! dis donc, il y a un truc dont on est sûr quand on est ministre, c'est qu'on ne retournera pas à l'école, tandis qu'en prison...

Je vais organiser une conférence sur l'égalité des sexes. Il y a en effet des grands, des petits, des longs, des larges, des maigres, et c'est dégueulasse. Il faut que ça cesse !

*

Au Moyen Âge, il paraît que les gens étaient plus bronzés qu'aujourd'hui. Les scientifiques pensent que c'est parce qu'ils passaient plus de temps dehors. Et moi, je crois que c'était plutôt la rouille des armures.

*

Un présentateur télé à la une de *Paris-Match* : visiblement y a pas d'avion qu'est tombé cette semaine ni de trains qui sont montés l'un sur l'autre !

*

En France, les réformes économiques ont autant d'effet que des piqûres dans des prothèses de fesses.

*

Accident de chasse : un type qui tirait sur un lapin a tué un de ses camarades, lequel laisse une femme, quatre enfants, et donc un lapin.

*

Savez-vous pourquoi les Juifs ont le sens de l'humour ? C'est un don de la nature.

*

Naissance de deux jumelles. On leur souhaite longue vue !

*

La télé dans les prisons : ils avaient déjà les barreaux, maintenant ils ont les chaînes !

*

Il suffit de se rappeler tous les noms des morts et tu connais le nom des rues.

*

Quand on voit l'âge des mecs qui nous gouvernent, on s'aperçoit qu'on fait bosser les occupants d'une maison de retraite !

*

Salut, les sondés ! 10 % des intentions de vote pour moi, ça veut dire que 90 % des mécontents hésitent encore. Je monte dans les sondages. Va-t-on me renvoyer la censure ?

*

La droite vend des promesses et ne les tient pas, la gauche vend de l'espoir et le brise.

Il me faut 500 signatures pour me présenter. Si j'en ai 2 000, on se présente à quatre.

*

Si je suis élu, les femmes auront le droit de faire pipi debout le long des arbres.

*

Il vaut mieux voter pour un couillon comme moi que pour quelqu'un qui vous prend pour un couillon.

*

La France, comme elle est, c'est pas plus mal que si c'était pire !

*

Si je suis élu, je déclarerai la guerre à l'Albanie parce que c'est l'un des plus petits pays du monde, donc une proie facile, d'autant qu'elle est complètement isolée. D'autre part, grâce à une ruse insidieuse et funeste, je ferai rassembler la flotte anglaise dans la rade de Mers el-Kébir avant de la torpiller jusqu'à la dernière chaloupe.

*

Le mois dernier, Michel Crépeau, candidat à la présidence, était crédité de 2 % des intentions de vote. Ce mois-ci, 1 % : « Dans un mois il aura zéro. » S'il reste candidat encore deux mois, il nous devra 1 %.

*

Bonne nouvelle : Giscard ne sera pas candidat. Sa femme a en effet déclaré que son mari ne se représenterait pas, sauf si c'est dans l'intérêt de la France. Aucun risque, donc !

*

Je donnerai satisfaction à la revendication essentielle du syndicat des dindes CGT : le droit à un troisième marron dans le cul.

*

Ma candidature, c'est la possibilité pour tous ceux qui sont traités en parasites de devenir actifs, de passer au rang officiel d'emmerdeurs.

*

Fonctionnaire : ne dors jamais le matin, sinon tu ne sauras jamais quoi foutre l'après-midi.

*

Je voudrais rassurer les peuples qui meurent de faim : ici, on mange pour vous.

*

Dieu a dit : « Il y aura des hommes blancs, il y aura des hommes noirs, il y aura des hommes jaunes, il y aura des hommes grands, il y aura des hommes petits, il y aura des hommes beaux, il y aura des hommes moches et tous seront égaux, mais ça sera pas facile ! » Et puis il a dit : « Y en aura même qui seront noirs, petits et moches, et pour eux ça sera très dur ! »

*

Les Japonais fabriquent des vélos, Manufrance ferme. Les Japonais fabriquent des voitures, Renault va fermer. Si un jour les Japonais fabriquent du camembert et du vin rouge, il faudra fermer la France.

*

Les étrangers devraient comprendre une chose : il vaut mieux être en bon état de santé qu'en mauvais état d'arrestation.

*

Je pense que les pauvres sont indispensables à la société, à condition qu'ils le restent.

*

En France, t'as des grilles aux squares, ça ferme la nuit ! C'est un état d'esprit.

*

Étant donné que nous vivons dans un monde corrompu par l'argent, tout ce qui est gratuit est bon à prendre.

*

Quand vous voyez un flic dans la rue, c'est qu'y a pas de danger. S'il y avait du danger, le flic serait pas là.

*

Les pauvres sont indispensables ! La preuve, les Américains en ont. C'est quand même pas par snobisme !

*

Les Russes sautent haut, les Noirs courent vite. Dans les deux cas, c'est la police qui les entraîne.

*

À la télé, ils disent tous les jours : « Y a trois millions de personnes qui veulent du travail. » C'est pas vrai : de l'argent leur suffirait.

Deux policiers arrêtés pour coups et blessures, trois policiers interpellés pour escroquerie ! Comme vous le voyez, les voleurs font ce qu'ils peuvent : malheureusement, la police court toujours…

*

Les technocrates, si on leur donnait le Sahara, dans cinq ans il faudrait qu'ils achètent du sable ailleurs.

*

Vous savez que c'est pas parce que vous êtes flic que vous êtes con, c'est parce que vous êtes con que vous êtes flic !

*

On devrait créer la LNFPQLFNFLP : la Ligue nationale française pour que les flics nous foutent la paix !

*

Dans les pays occidentaux, on aime l'ordre. Il y a même des gardiens de cimetière, tu te rends compte ? C'est pourtant pas les mecs qui sont dans les cimetières qui vont aller gueuler ! Qu'il y ait des flics pour garder les vivants, à la rigueur je comprends, mais des gardiens de cimetière ! Faut vraiment aimer l'ordre !

*

C'est très dur de ne rien faire du tout. Regardez, les gens qu'on a forcés à rien faire, comme dans l'administration, c'est pas rare qu'ils aient un hobby en dehors de leur travail.

*

Fonctionnaire, c'est un peu comme bouquin dans une bibliothèque : plus t'es placé haut, moins souvent tu sers !

*

Si la direction était responsable des vols dans les parkings, on serait obligé d'enfermer la direction. Parce que le parking, c'est du vol !

*

L'alcool conserve les cornichons. Les intelligents, levez la main ! Les autres, venez boire un coup !

*

À propos des miracles, à une époque où les Américains vont sur la Lune, il est normal que les chrétiens en descendent !

*

Tout ce qui m'intéresse, soit ça fait grossir, soit c'est immoral !

Un conseil : ne buvez pas d'alcool au volant, vous pourriez en renverser !

*

Il a été mannequin chez Nicolas, c'est lui qui essayait les bouteilles, on le reconnaît bien, il a encore une étiquette sur le front.

*

J'ai une annonce à faire aux fumeurs : pendez-vous, ça va plus vite !

*

Je rappelle qu'aux échecs, si la victoire est brillante, l'échec est mat !

*

Tu as remarqué ? Quand on va quelque part pour jouer, on emmène de l'argent. C'est qu'on est sûr de perdre déjà.

*

J'ai vu des mecs qui jouaient à celui qui se pencherait le plus par la fenêtre. Eh ben, j'ai vu la gueule de celui qu'avait gagné, il était pas beau !

*

Il y a des croyants qui ne sont pas pratiquants, puis il y en a qui croient pas parce que c'est plus pratique.

*

Vous savez ce que c'est l'alcootest ? Un soufflé aux amandes.

*

Attention ! La réunion de tous les athées du monde sur la non-existence de Dieu sera remise à plus tard en raison des fêtes de Noël !

*

On s'est souvent posé la question : « Être ou ne pas être ? » J'ai personnellement écrit à Shakespeare et j'ai reçu la réponse suivante : « Lettre suit. »

*

Le mariage des prêtres, je suis pour. S'ils s'aiment.

*

Toute notre civilisation repose sur des erreurs, c'est ça qui est formidable. Regarde Dieu, il voulait que ce soit un paradis sur terre. Tu te rends compte, l'erreur ?

*

C'est quoi la différence qu'il y a entre moi et le pape ?
C'est que je raconte aussi des histoires mais moi, je ne
demande pas qu'on y croie !

*

Vous savez que le pape est le frère de la reine d'Angleterre ? Jean-Paul et Élisabeth, ils ont tous les deux le
même nom de famille : II !

*

J'ai remarqué que les mecs deviennent souvent cons
à l'âge où il leur pousse des dents en or !

*

La plus grosse infirmité qu'on puisse avoir, pour moi,
c'est pas qu'il vous manque des jambes, des bras, des
yeux ou des cheveux. Les vrais infirmes, c'est simplement les cons. Il vaudrait mieux pour eux qu'ils soient
vraiment infirmes, les cons, ça leur porterait moins
préjudice dans la vie, et à nous aussi. La connerie, c'est
très grave, et en plus ça n'est pas remboursé par la Sécurité sociale.

*

Le meilleur moyen de répondre à un mauvais argu-
ment, c'est de le laisser se développer jusqu'à la fin.

*

L'histoire se répète, c'est dommage que ce soit nous qui payions les répétitions.

*

Dieu a dit : « Mangez, c'est mon corps ; buvez, c'est mon sang ; touchez pas, c'est mon cul. »

*

On connaît les cent soixante-douze pays qui ne vont pas aux Jeux olympiques. Il y en a trois qui y vont : la France, la Belgique, le Liechtenstein. Bonnes chances de médailles de bronze pour la France.

*

Le monde est bien fait : Dieu croit aux cons et les cons croient en Dieu !

*

Si on écoutait ce qui se dit, les riches seraient les méchants, les pauvres, les gentils. Alors pourquoi tout le monde veut devenir méchant ?

*

À la Sécu, s'il y en a un qui meurt sur les lieux du service, il faut tout de suite lui enlever les mains des poches… pour faire croire à un accident du travail.

*

Dieu est mort, il y a une place à prendre !

*

Y a des gens qui promènent leurs enfants en laisse.
C'est parce qu'ils n'ont pas les moyens de s'offrir un
chien.

*

Sont cons, hein, les supporters ? Mais on peut toujours trouver plus cons que les supporters : les sportifs.
Parce que les supporters, ils sont assis, et les autres, ils
courent !

*

Le mec qui part en vacances en Turquie, c'est un fou
complet. Déjà, que les Turcs y restent, c'est pas normal.

*

Le pain baisse, le chômage augmente. Faites-vous
un sandwich pas cher : mettez un chômeur entre deux
tranches de pain et sauvez la France.

*

J'ai été serveur à une époque. Quand un mec me demandait un café fort, je lui servais une tasse d'eau chaude. Le mec gueulait et je lui disais : « Vous voyez que vous êtes bien assez énervé comme ça ! »

« Semaine de dialogue avec les immigrés » : voyez que c'est une maladie, les immigrés ! Avant c'était la semaine pour le cancer, et maintenant c'est pour les immigrés.

*

Heureusement qu'ils ne sont pas dans le bâtiment, à la Sécurité sociale ! Ils auraient les doigts pris dans le béton !

*

Il paraît que la crise rend les riches plus riches et les pauvres plus pauvres. Je ne vois pas en quoi c'est une crise. Depuis que je suis petit, c'est comme ça.

*

Ce serait raciste de penser que les étrangers n'ont pas le droit d'être cons.

*

Il semblerait que le préservatif soit un très bon emblème politique. Il jugule l'inflation, il permet quand même l'expansion, il limite la surproduction et il offre une impression de sécurité satisfaisante.

*

Si tous ceux qui n'ont rien n'en demandaient pas plus, il serait bien facile de contenter tout le monde.

*

Quand je suis en Italie, je me sens bien. La grande différence avec les Français, c'est que les Italiens sont de bonne humeur. Moi, je ne suis pas connu en Italie, je ne parle pas bien italien, mais si je rentre dans un magasin et que je déconne, ils rigolent. En France, le mec, s'il n'a pas de revolver, il appelle le boucher.

*

Moi, j'ai pas connu le Christ, parce qu'il n'y a pas longtemps que je suis dans le show business.

*

L'argent ne fait pas le bonheur des pauvres. Ce qui est la moindre des choses.

*

Le prix de l'or augmente. Pauvres, achetez vite de l'or !

*

Il y a deux sortes de justice : vous avez l'avocat qui connaît bien la loi, et l'avocat qui connaît bien le juge !

*

La cuisine anglaise, c'est simple : quand c'est froid, c'est de la bière ; quand c'est chaud, c'est de la soupe.

La différence entre un idiot riche et un idiot pauvre :
un idiot riche est riche, un idiot pauvre est un idiot.

*

Combien il y a de gens qui travaillent à la Sécurité
sociale ? Un sur quatre !

*

Les sportifs, le temps qu'ils passent à courir, ils le
passent pas à se demander pourquoi ils courent. Alors,
après on s'étonne qu'ils soient aussi cons à l'arrivée
qu'au départ !

*

J'ai lu ça dans un journal à grand tirage… très pratique pour allumer le feu.

*

J'aurais aimé travailler dans l'administration. Mais
rester toute la journée à rien foutre, c'est trop dur.

*

Superbénéfice de deux sociétés françaises ! Quatre
fois plus de chiffre d'affaires cette année que l'année
dernière ! C'est les pauvres qui vont être contents de
savoir qu'ils habitent un pays de riches !

*

La guerre, faut pas s'y fier. Tu vois le jeu de mots. Faut pacifier !

*

La hausse du pétrole entraîne des inquiétudes chez les handicapés moteurs.

*

Moi, j'suis pas raciste, hein ! J'ai même des disques de Sidney Bechet !

*

À part la poêle Tefal, qui représente un progrès par rapport à la poêle ordinaire, qu'est-ce qui s'est passé en France depuis trente ans ?

*

Mai 68. Quand je pense au grand mouvement de jeunesse que c'a été, toutes les idées neuves, et quelle a été la seule chose que le gouvernement a trouvé à faire en réponse ? Il a fait goudronner les rues de Paris pour plus que les flics se prennent des pavés dans la gueule. Non, mais tu te rends compte, c'est tout ce qu'ils ont entendu, eux. Franchement, hein, les mecs qui tiennent le haut du pavé…

*

Le sida, c'est l'injustice sociale par excellence : on peut même plus faire l'amour entre pauvres.

*

Les artichauts, c'est un vrai plat de pauvres. C'est le seul plat que quand t'as fini de manger, t'en as plus dans ton assiette que quand t'as commencé !

*

Les dirigeants ont promis qu'ils tiendraient bien leurs promesses. Entendez par là qu'ils ne sont pas près de les lâcher.

*

Un flic, ça devrait être un pote qui te ramène à la maison quand il te trouve bourré dans la rue.

*

Sur un Français interrogé, un est d'accord.

*

Technocrates, c'est les mecs que, quand tu leur poses une question, une fois qu'ils ont fini de répondre, tu comprends plus la question que t'as posée.

*

La police évacue trois radios libres : il faudra penser à les appeler autrement !

*

Commencez la révolution sans nous. On préfère être cons et vivants que morts et pleins d'idées.

*

Avant, les mecs qui mettaient de l'argent de côté, on disait d'eux : « C'est des avares ! » Maintenant, c'est des phénomènes.

*

La police, c'est un refuge pour les alcooliques qu'on n'a pas voulus à la SNCF et aux PTT.

*

Tiers-monde : la soif touche à sa faim.

*

Un alcoolique, c'est quelqu'un que vous n'aimez pas et qui boit autant que vous.

*

J'ai entendu dire qu'il y allait avoir une sélection dans la police. On ne prendra plus les flics qu'à partir de 1,68 m. Donc, si tu veux, ils ont déjà compris qu'il fallait faire une sélection, mais ils ont pas encore compris où fallait la faire !

Les jeunes, on n'arrête pas de les embêter dans la rue. On leur demande toujours leurs papiers comme si les jeunes, ils avaient moins de papiers que les autres.

*

Dieu a dit : « Il faut partager. » Les riches auront la nourriture, les pauvres de l'appétit.

*

Très souvent, le médecin guérit la maladie et finit pourtant par tuer le malade.

*

Quand on pense qu'ils nous font chier avec la Sécurité sociale qui est en déficit, alors que le ministre de la Santé n'est même pas médecin, on est en droit de se poser la question : y a-t-il une vie avant la mort ?

*

Un banquier suisse m'a envoyé pour les Restaurants du Cœur un chèque sans le signer en me disant qu'il voulait rester anonyme.

*

La misère, c'est comme un grand vent qui vous

déferle sur la gueule et qu'arrête pas de souffler toujours dans la même direction. Le problème, c'est d'essayer de faire quelque chose pour éviter de se faire renverser. La prendre de côté, par exemple, comme le torero qui se met de profil pour que la mort ne lui rentre pas dedans.

*

Les gardiens de la paix, au lieu de la garder, ils feraient mieux de nous la foutre !

*

Des fois, on a plus de contact avec un chien pauvre qu'avec un homme riche.

*

La société, c'est une grande chaîne. Salut, les maillons !

*

Police : si on peut plus donner des coups de poing dans la gueule, des coups de pied dans les couilles et des coups de genou dans les fesses, comment voulez-vous qu'on interroge ? Des fois, ils ne parlent même pas notre langue.

*

Pour ces messieurs, la moralité devient rigide quand le reste ne l'est plus.

*

Quant à savoir si on peut vivre décemment avec un salaire d'ouvrier russe, on n'en sait rien : personne n'a jamais essayé.

*

Proverbe : quand il pleut des roubles, les malchanceux n'ont pas de sac.

*

Journal des cons et des malcomprenants : deux flics se sont fait tabasser. Ce n'est pas une information... mais ça soulage !

*

Je ne suis pas raciste mais il y a trop de Chinois ! Il faut leur apprendre l'homosexualité.

*

Je n'ai rien contre les étrangers. Le problème, c'est qu'ils parlent pas français pour la plupart... et selon le pays où on va ils parlent pas le même étranger.

*

Il y a des fois, moi, j'ai tellement pas bossé aux PTT que j'ai cru que je bossais à la Sécurité sociale, tellement on foutait rien !

Les camps de camping, c'est quelque chose ! C'est un truc qui pue, qui coûte cher, où les gens s'entassent par plaisir et que si demain ils étaient obligés d'y aller, ils gueuleraient comme jamais !

*

Les pauvres sont des gens comme nous, sauf qu'ils n'ont pas d'argent.

*

Les mecs tabassés par les flics, ils peuvent porter plainte. Remarque, faudrait qu'ils viennent au commissariat pour porter plainte. Je les plains, les mecs.

*

Mettons que les sportifs arrêtent le doping. On aura l'air malin, nous, devant nos téléviseurs à attendre qu'ils battent les records, hein ! Et puis le Tour de France, pour arriver le 14 juillet, il faudra qu'il parte à Noël !

*

Puisqu'on ne peut plus rien dire sans vexer les uns ou les autres, je ne dirai plus rien, ni contre l'armée ni contre personne. Je ne m'en prendrai désormais qu'aux sourds... Oui, j'emmerde les sourds !

*

Gagner sa vie ne vaut pas le coup, attendu qu'on l'a déjà. Le boulot y en a pas beaucoup, faut le laisser à ceux qui aiment ça.

*

Cinq millions et demi de conducteurs français ont une mauvaise vue. Heureusement, leur nombre diminue de jour en jour.

*

Quand un artiste dit qu'on ne lui a pas donné sa chance, il devrait aussi compter le nombre de fois où la chance s'est déplacée pour rien.

*

Si Dieu n'existait pas, les croyants l'auraient inventé.

*

Je suis flic. Ma femme me dit toujours : « Tu as signé sans réfléchir. »
Et alors ? Les autres ont fait pareil. Si on avait réfléchi, on n'aurait pas signé. Faut pas nous prendre pour des cons, quand même !

*

Comme ils disent à Varsovie : « Boire ou conduire ?…
De toute façon, on n'a pas de voitures. »

*

Deux sortes de gens me font rire : ceux qui le
font exprès et ceux qui font sérieusement des choses
sérieuses.

*

Il picole trop. Rien qu'avec ce qu'il renverse, on pourrait ouvrir un bistrot !

*

Gainsbourg, il fait des mélodies pour plaire à ceux
qui aiment ses mélodies, et il se rase pas, il est bourré,
pour faire parler tous ceux qui le détestent.

*

Vous savez ce que je pense des cons qui écoutent
la musique au garde-à-vous ? La réponse est contenue
dans la question.

*

Il paraît que, pour faire un disque, il faut coucher
avec le producteur. Tu vois la gueule du producteur qui
a fait faire un disque à Sim !

*

Information : le milieu a tué un parrain. C'est bien.
Deux par deux, ce serait mieux.

*

On dit toujours qu'on peut pas être et avoir été. Eh
ben ! j'en connais un, dis donc, il a été con, et il l'est
encore.

*

Papamobile : immatriculée Conception. Un pape
au-dessus, seize soupapes en dessous.

*

À propos de Line Renaud : quand elle va chanter
au Canada, elle fait un malheur, quand elle revient, elle
en fait un aussi. Un malheur n'arrive jamais seul !

*

Je suis obligé d'envoyer des potes au bistrot pour
savoir comment les gens vivent. Si j'y vais moi-même,
ils me regardent comme s'ils découvraient l'intérieur de
la télé et ils se taisent pour me laisser parler.

*

**La guerre de 14, c'était pas des vacances !
Heureusement dans un sens, parce qu'il a pas
fait beau.**

L'homme qui a eu le moins de chance dans sa vie :
Iouri Gagarine. Il est parti d'URSS, il a fait dix-sept fois
le tour de la Terre, il est retombé en URSS.

*

Le bouquin de Rika Zaraï est super. Moi, je fais des
dîners chez elle, c'est que de l'herbe. Avant de passer à
table, elle dit toujours : « Dépêchez-vous, le dîner va
faner ! »

*

J'ai rencontré un type complètement bourré assis
sur le bord d'un trottoir. Je lui ai demandé ce qu'il
faisait. Il m'a répondu : « Puisque la Terre tourne, je
veux attendre là que ma maison passe. »

*

Le pape ? La colombe de la paix dans une cage
blindée.

*

Le hasard fait bien les choses ? J'en connais un, il a
pas dû être fait par hasard, alors.

*

Le pape a fait quarante mille personnes de moins au Bourget que Bob Marley. Et le pape, c'était gratuit.

*

Bizarre, Mgr Lustiger… Toujours en robe et jamais de sac à main !

*

Bousculade au Brésil autour du pape : six morts. Six pauvres soulagés de leur misère. Merci, Dieu.

*

T'es largement assez beau par rapport à ce que t'es intelligent ! Ah ! t'as même de la marge !

*

Tous les mecs qui croient en Dieu croient que c'est le seul. C'est même de là que vient l'erreur.

*

Un Belge est mort en buvant du lait. La vache s'était assise.

*

Vous connaissez les trois fêtes juives les plus importantes ? Le Yom Kippour, Rosh ha-Shana et le Salon du prêt-à-porter.

*

Brigitte Bardot qui nous gonfle avec ses bébés phoques, je lui dis : « Moi, je fais du 41 en bébé phoque ! Si t'en trouves deux pareils, je ferai scier les pattes, je ferai installer des fermetures Éclair ! »

*

Deux clochards discutent :
— Comment tu fais pour avoir des ongles aussi sales ?
— Je me gratte.

*

C'est sûr qu'il y a des filles qui se font baiser par les producteurs pour réussir, mais elles ne réussissent qu'à se faire baiser… C'est tout ce qu'on leur connaît comme réussite ! Celles qui ont réussi se sont fait baiser aussi, c'est bien la preuve que c'est pas un critère.

*

Le pape ne croit pas en Dieu. Vous avez déjà vu un prestidigitateur qui croit à la magie, vous ?

*

Baisse surprise du seuil de la pauvreté absolue. Plusieurs pauvres ruinés.

Un militaire qui meurt dans son lit, ça fait… ? Un de moins !

*

J'ai un copain qui a attrapé une myxomatose avec une fille qui avait un bec-de-lièvre.

*

Les femmes seront les égales des hommes le jour où elles accepteront d'être chauves et de trouver ça distingué.

*

Gynécologue, c'est un métier pour les sourds : y a rien à entendre et tu peux lire sur les lèvres.

*

Elle n'était pas vraiment très réussie :
— On ne vous a jamais dit que vous ressembliez à Catherine Deneuve ?
— Non.
— C'est normal.

*

Chez ma grand-mère, tout le monde faisait sa prière

avant de bouffer. Faut dire que la bouffe était tellement dégueulasse !

*

— Je viens vous demander le vagin de votre fille.
— Vous voulez dire la main ?
— Non, si c'est pour faire ça avec la main, j'ai la mienne !

*

Des nouvelles du sexe : on enregistre un net durcissement de la situation.

*

Dieu a créé l'homme à son image, et la gonzesse à l'idée qu'il s'en faisait. Ça peut paraître dégueulasse, mais ça partait d'un bon sentiment.

*

Elle a un beau cul et un mauvais caractère. Malheureusement on lui voit plus souvent le caractère que le cul.

*

Les femmes sont doublement baisées : pour faire un pédé, il faut deux mecs.

*

L'âge ingrat, chez les filles, c'est quand elles sont trop grandes pour compter sur leurs doigts et trop petites pour compter sur leurs jambes.

*

L'avantage des camps de nudistes, c'est que quand un mec arrive devant une gonzesse pour lui dire : « Je vous aime », elle peut répondre : « Oui monsieur, je vois. »

*

Au mariage, la confiance n'y est pas. Il faut des témoins, comme dans les accidents.

*

Je me souviens qu'à l'école la maîtresse nous demandait de dessiner ce que nous voulions faire quand nous serions grands. Je voulais baiser, j'allais quand même pas lui faire un dessin !

*

Les prostituées sont des femmes qui ont très vite compris que leurs meilleures amies étaient leurs jambes et qu'il fallait très souvent écarter ses meilleures amies.

*

Pauvre, moche et grosse : y en a qui exagèrent !

*

Qu'est-ce qu'on vend comme beurre depuis *Le Dernier Tango à Paris* ! « Char-entes-Poi-tou ! Ça-rentre-par-tout ! »

*

Quand il y a une idée à émettre sur le sexe, je suis toujours pour que le sexe soit nu. La vieille France voudrait plutôt qu'on le cache. Moi, je pense que s'ils veulent cacher leur sexe, c'est qu'ils l'ont petit.

*

Savez-vous quelle différence il y a entre « Aah ! » et « Oooooh… » ? Réponse : environ 5 centimètres.

*

Si jamais vous avez couché avec une bonne sœur de moins de soixante ans, c'était un pingouin.

*

Les journalistes, ils viennent quand une pièce a beaucoup de succès. Seulement, une fois que ça marche, on n'a plus besoin d'eux.

*

Transsexuel : moi, je veux bien changer de sexe. Mais à condition qu'on m'en donne un plus gros.

*

Si les journalistes étaient funambules, il y aurait une forte mortalité dans la profession.

*

Y a aucune raison pour que les gens se fassent la gueule dans la rue. Y se connaissent pas, hein ?

*

Le pape visite les pays arabes : ça me ferait marrer qu'on lui pique sa Mobylette !

*

Le pape annonce qu'il n'ira pas à Lourdes parce qu'il est malade. C'est formidable, non ? Les gens, eux, y vont justement parce qu'ils sont malades.

*

Il paraît que Danièle Gilbert est moins conne qu'elle en a l'air. Il faut dire qu'elle a tellement l'air conne que l'inverse paraît impossible !

*

Bavures : contrairement à la police, l'erreur est humaine.

Un journaliste demande à Coluche son avis sur une célèbre chaîne de restauration :

— Pour manger, c'est pas terrible, mais pour vomir, formidable !

*

Romain Bouteille, ç'a été une sorte de père. Ce que je ne lui ai pas piqué, il me l'a appris.

*

À partir du moment où on a un « crédit comique », on peut faire rire rien qu'en lisant le journal. « C'est écrit là », je leur dis parfois certains soirs. Sur la même page d'un journal, le soir de la mort du pape, il y avait une pub : « Grande braderie au marché Saint-Pierre. »

*

La grossièreté vise à choquer ceux qui n'en rient pas pour faire rire deux fois plus les autres.

*

J'attends que ma mère meure pour faire la grosse plaisanterie qui dégoûtera tout le monde.

*

Scorpion, Coluche commentait son signe en ces termes :

— La queue en l'air, et la tête en avant... t'as qu'à voir !

*

Réponse à un journaliste qui demandait si Le Pen était selon lui le nouveau « roi des beaufs » :

— Non. Ça serait pas gentil pour les beaufs de dire ça.

*

À un journaliste qui lui demandait s'il accepterait d'être le candidat des Faisceaux nationalistes européens, Coluche précise :

— Je m'excuse beaucoup mais, en tant que candidat, je suis déjà le candidat des Arabes, et c'est pas parce que je suis le candidat des pédés que j'ai l'intention d'être celui des enculés.

*

— Qu'est-ce qu'il fait, ton fils ?
— Il est danseur.
— Le mien aussi est pédé.

*

Au cinéma, les salauds sont toujours punis à la fin. À la télé, on voit toujours les mêmes.

*

De tous ceux qui n'ont rien à dire, les plus agréables sont ceux qui se taisent.

*

Analphabète comme ses pieds.

*

Il y a quelque part une poésie de la bêtise.

*

J'ai appris qu'il fallait cueillir les cerises avec la queue. Je suis embêté, j'avais déjà du mal avec la main !

*

Je voulais vous raconter une histoire de boomerang mais je ne m'en rappelle plus. Enfin, c'est pas grave, ça va me revenir.

*

L'esprit d'équipe ? C'est des mecs qui sont une équipe, y z'ont un esprit ! Alors, ils partagent !

*

Comment on reconnaît le plus riche des Éthiopiens ? C'est celui qui a la Rolex autour de la taille.

*

Contre la toux, le meilleur remède, c'est un bon laxatif. Vous n'oserez plus tousser.

*

Dans la vie, y a pas d'grands, y a pas d'petits. La bonne longueur pour les jambes, c'est quand les pieds touchent bien par terre.

*

Lourdes vous a rien fait, il vous reste Lisieux pour pleurer !

*

Aujourd'hui, c'est un petit verre qu'il te faut, mais demain, tu en fumeras tout un paquet !

*

Les Français ne sont pas forts dans le sport. Savez-vous pourquoi ils ont choisi le coq comme emblème ? C'est parce que c'est le seul oiseau qui arrive à chanter les pieds dans la merde !

Le cinéma, j'y vais jamais. Faut pas confondre ! Mon métier, c'est comédien, pas spectateur. On peut pas demander à un fossoyeur d'aimer être mort !

*

Il avait les mains sales, on aurait dit des pieds !

*

La Laponie, c'est sympa comme pays. J'ai été réveillé par la police : « Boum, boum ! Qu'est-ce que vous faisiez dans la nuit du 27 novembre au 18 avril ? »

*

Savez-vous où on trouve le plus d'Éthiopiens ? En Éthiopie du Sud, du Nord, de l'Est ou de l'Ouest ? Eh bien, ça dépend du vent.

*

Il était communiste et homosexuel. On l'appelait « l'embrayage ». Parce que c'est la pédale de gauche.

*

Vous savez pourquoi on trouve encore de la laine vierge ? C'est parce que les moutons courent plus vite que les bergers !

*

La navette qui a explosé avec sept hommes dedans : si ç'avait été sept singes, les expériences seraient interdites.

*

Des idées, tout le monde en a. Souvent les mêmes. Ce qu'il faut, c'est savoir s'en servir.

*

Si les chiens se lèchent les testicules, c'est parce que eux ils y arrivent.

*

Dieu, c'est comme le sucre dans le lait chaud. Il est partout et on ne le voit pas. Et plus on le cherche, moins on le trouve.

*

Dans la main de ma maîtresse, je me dresse ; après je rapetisse et je goutte. Qui suis-je ? Un parapluie.

*

Si vous ne faites pas aujourd'hui ce que vous avez dans la tête, demain, vous l'aurez dans le cul.

*

Il a obtenu le premier prix à un concours de circonstances.

*

Le plat pourri qui est le mien.

*

— Docteur, j'ai plus de mémoire !
— Payez d'avance.

*

Si vous ne voulez pas être malade, si vous ne voulez pas mourir, le mieux c'est encore de ne pas naître. Avec la capote Nestor, je ne suis pas né, je ne suis pas mort !

*

L'avenir appartient à ceux qui ont le veto.

*

Le champignon le plus vénéneux, c'est encore celui qu'on trouve dans les voitures.

*

Avoir l'air con peut être utile. L'être vraiment s'rait plus facile.

*

Bien mal acquis ne profite qu'après.

*

Il est tout maigre : on dirait deux profils collés.

*

Le suicide, c'est une vengeance personnelle, et moi, personnellement, je ne m'en veux pas.

*

L'intelligence, on croit toujours en avoir assez, vu que c'est avec ça qu'on juge.

*

Au tiercé, si vous avez joué le 8, le 12 et le 8, vous vous êtes trompé, vous avez joué deux fois le 8.

*

Pour ceux qui ont fait du latin, le rectum, c'est le rectum. Pour les autres, c'est le trou du cul, hein ? Enfin, le cul sert plus que le latin.

*

Les immigrés sont venus chercher du chômage en France. Tellement que c'est pauvre dans leurs pays, y a même pas de chômage !

Mais oui ! On peut opérer sans anesthésie… Avec des boules Quiès !

*

La joie, la peine : souvenons-nous de la joie de notre camarade trapéziste lorsqu'il s'envolait dans les airs, et de la peine qu'on a eue à le ramasser.

*

C'est un Belge qui a battu le record du 100 mètres : il vient de courir 102 mètres.

*

Le plus difficile est de dire en y pensant ce que tout le monde dit sans y penser.

*

Si les Français marchandent, c'est pas parce qu'ils sont malins, c'est parce qu'ils n'ont pas de ronds.

*

Camarades morpions, adhérez aux parties !

*

Je vais vous expliquer le principe de base de l'économie : « Donne-moi ta montre, et quand tu as besoin de l'heure, moi, je te la dis ! »

*

Moi, je veux bien qu'on n'ait pas le droit de rire, mais faut qu'ils arrêtent de nous chatouiller sous les bras aussi !

*

Il faut prendre la misère comme une philosophie et vous dire que l'argent fait sûrement le bonheur... de ceux qui en ont.

*

Partant du principe qu'il vaut mieux gâcher sa vie que rien faire du tout, on va continuer, nous, qu'est-ce que t'en penses ?

*

Il faut bien vivre, hein ? Et tant qu'à faire, autant vivre bien, hein ?

*

Un bateau qui s'en va, ce sont des choses qui arrivent !

*

Pendant dix ans, avant d'être connu, j'étais comédien, je mangeais des sandwichs parce que j'avais pas de ronds. Puis, j'ai mangé des sandwichs parce que je n'avais plus le temps de becter. Ce qui fait que j'ai été nourri entièrement au sandwich.

*

Le principe fondamental de notre métier est qu'il ne faut connaître personne, il faut être connu de tout le monde.

*

Quand j'étais au café-théâtre, j'ai vu un mec monter sur scène pour faire une photo de sa femme dans la salle. Évidemment pendant le spectacle !

*

Dans notre métier, même ceux qui bossent jamais ont des projets, alors t'imagines ceux qui bossent !

*

Il faut se méfier des gens de bonne volonté parce que ça ne remplace pas le talent.

*

Pendant la guerre, il a été blessé au front. Non, pas à la tête, au pied. Moi, j'ai été blessé deux fois. Une fois à l'abdomen, une fois à l'improviste.

*

Faire un malheur au théâtre, c'est faire plein de petits bonheurs.

*

Le problème de la Comédie-Française ? C'est que Molière soit mort !

*

Je m'amuse où les autres travaillent, contrairement au gynécologue qui, lui, travaille là où les autres s'amusent !

*

Je ne suis ni pédé, ni juif, ni franc-maçon, et pourtant j'essaie de m'en sortir quand même dans le music-hall !

*

Je connais bien les chômeurs, ils ont tellement honte, ils votent communiste pour se faire passer pour des travailleurs.

Paul Lederman, mon agent, faut que je vous explique qui c'est : c'est celui qui s'occupe de mon argent en croyant que c'est le sien.

*

Alors, le chemin de la richesse, c'est pas dur, je vais vous dire comment faut faire pour y aller : tu prends à droite, puis après tu prends à gauche, puis après tu prends en face, puis après tu prends derrière, et quand t'en auras pris partout, tu seras bourré de pognon.

*

Comment cela ? Vous me dites que vous n'avez encore jamais vu de billets de 150 francs ? Alors comment pouvez-vous prétendre que celui-ci est un faux ?

*

Deux choses importantes à acheter pour les années qui viennent : un bon plumard et une bonne paire de pompes. Parce que en général quand on n'est pas dans l'un, on est dans l'autre !

*

Michel Polnareff, qui est revenu en France après cinq ans d'exil fiscal, a reçu la visite des huissiers qui ont embarqué tous ses meubles : moi dans la chambre vide

dans la maison vide je cherche une chaise pour m'as-
seoir…

*

J'ai des copains qui mettent de côté du pognon que
je gagne mais moi, j'y arrive pas. C'est marrant, non ?

*

Il est encore mort, Mike Brant ? Mais alors c'est tous
les jours !

*

Moi, je connais le mec qui a lancé Mike Brant. Pas
par la fenêtre, hein ! Ça, il s'est lancé tout seul !

*

On me demande toujours : « Mais comment vous
faites pour faire autant de choses ? » C'est parce qu'on
me paye, tiens ! Et si on m'envoyait le double de fric
pour que je foute plus rien, promis, ça aussi, je le fais !

*

On n'est pas payé pour ce qu'on vaut mais pour ce
qu'on rapporte.

*

On dit qu'il vaut mieux faire envie que pitié, mais il est pas rare de s'apercevoir qu'en général on fait envie à ceux qui font pitié !

*

C'est un mec qui passe devant la porte d'un pédicure et qui voit écrit dessus : « Première consultation : 1 000 francs. Deuxième consultation : moitié prix. »
Il pousse la porte et crie : « C'est encore moi ! »

*

Tellement il est feignant, il fait même pas son âge, celui-là !

*

L'anniversaire, c'est un moment où on s'achète des choses qui ne servent à rien pour en foutre plein la vue à des gens qu'on peut pas voir.

*

Le plaisir qu'on fait aux autres, c'est égoïste, c'est pour se faire plaisir à soi. Enfin, si y a plein d'égoïstes qui veulent me faire des cadeaux, j'ai rien contre.

*

— *Bravo pour votre émission, c'est plus drôle que Drucker.*

— Oh ! vous savez, on a un accord : Drucker il essaye pas d'être drôle, et nous on n'essaye pas d'être chiants !

*

— Une auditrice qui nous appelle d'où ?
— De la Réunion !
— Et alors, il y a du monde à la Réunion ?
— Plein !
— Et qu'est-ce que vous avez décidé ?

*

Une auditrice nous écrit : « À chacun de nos rendez-vous je trouve mon petit ami mal rasé... » C'est bien fait, elle n'a qu'à arriver à l'heure !

*

Je veux bien faire des réponses intelligentes mais posez pas des questions idiotes.

*

Je voudrais dire à l'auditrice malvoyante qui a appelé tout à l'heure, et qu'on essaie de rappeler depuis un quart d'heure, qu'elle est aussi malentendante !

*

Que faire quand vous avez les dents jaunes ?
Très simple : portez une cravate marron.

— Salut, tu fais quoi comme métier ?

— Je suis mécanicien à Air France…

— Ah bon, tu voles alors ?

— Non.

— Allez avoue, tu voles bien un petit bidon de temps en temps !

*

On m'a volé ma moto hier ! Alors je voulais dire au voleur : je vais en acheter une autre, s'il a une préférence pour la couleur, qu'il m'écrive !

*

— *Tu as fait quoi comme sport ?*

— J'ai été gardien de goal. C'est-à-dire que j'allais au foot avec un copain qu'était goal.

*

Le hockey sur glace, c'est du sport en frigo.

*

J'ai été goal au hand. Les gars jettent la balle de toutes leurs forces et elle est en cuir, la balle ! Quand t'en as arrêté une, tu arrêtes d'être goal. Moi, j'en ai arrêté une, je me rappelle, avec l'œil droit. Le gauche l'a jamais reconnu.

*

J'ai connu un mec qui, pour rassurer sa mère après un match de boxe, lui a dit :

— J'ai pas gagné mais j'ai fait deuxième !

Tu sais que, pour être troisième à la boxe, il faut être balèze.

*

Le golf, c'est un jeu qui consiste à taper avec une canne dans une petite boule d'environ 8 centimètres de diamètre posée sur une grosse boule de 40 millions de kilomètres de diamètre sans toucher la grosse boule.

*

Des progrès dans le sport en Belgique. Au championnat de natation, pour la première fois cette année, il n'y a pas eu de noyé.

*

— *Quel est ton sport favori ?*
— La télé.

*

Nous, en France, nos boxeurs sont tellement souvent KO qu'il paraît que les sponsors songent à mettre de la publicité sous leurs chaussures.

*

Tennis : Leconte tout content de faire le break ! Il aurait eu la galerie et la remorque, il partait tout de suite en vacances !

*

Le chiffre d'affaires du PMU baisse de moins trois pur-sang.

*

Vous savez ce que c'est qu'un concours hippy ? C'est une course de cheveux !

*

— Tu sais que la France a gagné 5 à 0 hier ?
— Mais ils n'ont pas joué !
— C'est pas grave. Quand on est supporter, on est de mauvaise foi !

*

Ce soir le Paris-Saint-Germain rencontre Auxerre. Enfin une chance de gagner pour la France !

*

Tu sais pourquoi il fait pas beau dans le Nord ? Parce que quand le soleil arrive et qu'il voit qu'il pleut, il se casse !

*

S'il y a des mecs qui ont du pognon et qui sont emmerdés parce que l'argent ne fait pas le bonheur, ils n'ont qu'à le dire : on trouvera toujours des pauvres assez cons pour le leur piquer.

Le temps se couvre. Il a raison, avec le temps qu'il fait !

*

À la télé ils disent rien. C'est normal, y a trop de gens qui regardent.

*

Je vous raconterais bien une connerie mais vraiment y en a plein les journaux.

*

Ça, c'est bien les journalistes ! Écoutez : « Un maçon tombe d'un toit sans se blesser ! » Évidemment, c'est jamais en tombant du toit qu'on se blesse, c'est toujours en touchant le sol !

*

Tu sais pourquoi la télévision remplacera jamais les journaux ? Parce que tu peux pas emballer le poisson avec un téléviseur.

*

Le journal télévisé, c'est extraordinaire. Tu regardes le journal télévisé, tu te dis : si c'est Fellini qui a fait le texte et la mise en scène, eh ben ! ils sont balèzes, les acteurs !

*

Christine Villemin et son gamin en couverture d'un journal qui sent le poisson. Il paraît que le reportage a été vendu trente briques. Il a intérêt à se cramponner, le gosse, parce qu'avec trente briques autour du cou…

*

Eh oui, ils le croient, les gens, ce qu'il y a dans *France-Dimanche.* Tu as raison. Et tu sais pourquoi ? Non ? Parce qu'ils sont aussi cons qu'eux !

*

La télé, à la rigueur je veux bien en faire, mais je veux pas la regarder !

*

Alors d'après un sondage, hier soir il y avait 23 % de téléspectateurs qui regardaient la une, 26 % qui regardaient la deux et 44 % qui regardaient la télé éteinte. C'est trop. Il y a encore trop de gens qui regardent la télé sans l'allumer !

*

Tu connais la différence entre les parasites à la radio et les parasites à la télé ? À la télé on voit les parasites.

*

Le Premier ministre s'inquiète de l'augmentation des dépenses de la Sécurité sociale. Pourquoi, il est malade ?

Dans le courrier on me demande souvent où je vais chercher toutes mes conneries. Je vous réponds, ouvrez bien vos oreilles :

Explosion dans les hauts-fourneaux de Thionville. Les trois hauts-fourneaux ont été arrêtés.

Dans *Le Provençal* : la victime avait aussi un trou de balle dans le bas du dos.

Dans *La Liberté* : un jeune homme s'empoisonne et se jette dans une rivière. L'enquête penche pour le suicide.

Dans *Le Républicain lorrain* : le mystère de la femme coupée en morceaux reste entier.

Vous voyez ce que je veux dire… Parce que la presse, s'ils veulent jouer au plus con, ils ont pas perdu, là !

*

J'ai lu dans un journal que le trou noir attire la matière… je vous ferai une conférence là-dessus !

*

« Un Arabe torturé dans l'arrière-salle d'un bar marseillais. » Il y a deux choses que j'aimerais pas être à Marseille : Arabe et Marseillais !

*

Un maton s'est fait gauler avec 10 kilos d'héroïne !

Encore un ouvrier qui va coucher sur son lieu de travail !

*

En France, les gens commencent à s'intéresser à la pollution trois mois par an, en juin, juillet et août.

*

Non mais tu as vu ça ? Un jeune banquier viré parce qu'il était coiffé en iroquois ! Parce qu'il avait les deux côtés rasés avec la touffe de cheveux au milieu ! Moi, mon banquier, il porte la bande de cheveux en rond autour de la tête et il est chauve à l'intérieur et lui, on le vire pas ! Je voudrais bien savoir pourquoi on accepte la bande autour et pas au-dessus !

*

Tu as vu ça, maintenant, le prix du paquet de Gitanes ? Ça fait cher le cancer !

*

J'ai vu qu'ils allaient mettre des peines de prison pour les mecs qui conduisaient en état d'ivresse. C'est bien ça, ça va résorber le chômage : il va falloir construire des prisons !

*

« Des bons du Trésor volés pour une valeur de 55 milliards de francs » : quand les bons volés font 55 milliards, c'est qu'il n'y a pas que des bons volés, mais qu'il y a aussi de bons voleurs !

*

J'ai connu un flic, il était tellement con que quand par hasard il disait quelque chose d'intelligent, il se retournait pour voir si c'était pas quelqu'un d'autre qui l'avait dit.

*

Deux mois après que le gouvernement a demandé à la police de lever un peu le pied sur les violences, on peut à notre tour donner un conseil au gouvernement : donnez plus de conseils aux flics, donnez-leur des Sonotone !

*

Les flics, on dit que c'est des cons mais c'est pas vrai ! Moi, j'ai parlé avec celui qui sait écrire, il est formidable ! Évidemment, il pourrait pas être ouvrier, mais en bière il s'y connaît !

*

Vous savez ce qui frappe le plus les Algériens qui viennent en France ? C'est la police !

*

Coluche condamné par un tribunal à soixante heures
de travaux d'intérêt général pour insulte à policier :

— L'avocat général m'a reproché de rire de tout, y compris de la police et de la justice. C'est sûr que si on attendait après la justice pour se marrer ! Il vaut mieux qu'ils jugent. Même si c'est discutable, au moins ça, ils savent le faire !

*

— J'ai été condamné à faire soixante heures de spectacle gratuites dans les maisons de vieux. C'est mon travail d'intérêt général. Si je fais appel, on remplacera ça par soixante heures de jardinage.

— Ils te l'ont dit ?

— Non. Mais les feuilles mortes se ramassent à l'appel !

*

Le flic qui a violé des filles, ils l'ont fait passer devant un psychiatre pour savoir s'il n'était pas dingue. C'est marrant, ils font toujours ça après, pourquoi ils le font pas avant ? Il y aurait peut-être moins de monde dans la police !

*

« Les flics réclament justice »… mais, enfin ! si on leur donne, y en a combien qui vont aller en taule ?

*

Je suis la manivelle des pauvres : je leur remonte le moral.

— Vous avez des flics bien frais ?

— Oui.

— Donnez-m'en un car !

*

Défense de cueillir des noisettes sous peine d'amandes !

*

Le lièvre et la torture : commissaire de courir, il faut partir à point.

*

Attention au guépard, fermez les panthères !

*

J'ai un conseil à donner aux automobilistes qui veulent garder leur voiture en parfait état jusqu'à la fin de leur vie : roulez bourrés. En roulant bourré, votre voiture sera comme neuve jusqu'à la fin de vos jours, mais la fin de vos jours risque d'être rapide !

*

Savez-vous ce que les Belges font des vieux camions

de pompiers qui ne marchent plus ? Ils les gardent pour des fausses alertes.

*

C'est un Belge qui dit à un autre :
— Tu vois ma nouvelle Porsche ? On peut facilement monter jusqu'à 200…
— Ben dis donc, on doit être vachement tassés !

*

Je me suis fait rentrer dedans par un taxi qui roulait à fond. J'ai pas eu de cul, hein ? pour une fois qu'un taxi roulait vite !

*

Le violon, pour les aveugles, faut se méfier. Paraît que c'est très dangereux, le violon… Ben, t'as pas vu dans le métro ! Y a que des aveugles qui jouent !

*

On parle souvent du boulevard des Filles-du-Calvaire mais on parle pas souvent du calvaire des filles du boulevard !

*

J'ai trouvé le truc pour empêcher les morts dans les accidents d'avion ! Il faut serrer les passagers le plus possible dans l'appareil, les mettre côte à côte et les uns sur les autres et ils ne risqueront plus rien en cas d'accident. Eh oui ! Regardez les boîtes de sardines, vous pouvez les jeter violemment par terre, y a jamais de blessés !

*

Vous êtes des liasses, vous avez des gros billets !

*

Proverbe hippy : si c'est Pierre qui roule, mets-le sur l'oreille, tu le fumeras demain !

*

J'ai toujours aimé les escargots, j'ai un petit faible pour les campeurs.

*

Les premiers, ils sont faciles à compter sur les doigts du pouce.

*

Tout le monde n'a pas d'humour, hein. Y en a qui ont des képis !

Au nom d'une paire, du fisc et des simples d'esprit, ainsi soit-il !

*

Accident en Belgique : une femme est tombée de l'échelle en repassant ses rideaux.

*

C'est un Belge qu'a une paire de chaussettes avec une rouge et une verte. Un autre lui dit :
— Ça doit être rare, une paire comme ça !
— Pas du tout, j'en ai une autre paire à la maison !

*

C'est un type qui dit à un de ses copains :
— Je vais divorcer.
— Ah bon ?
— Oui. Tu supporterais, toi, d'être avec quelqu'un qui boit, qui fume et qui rentre à n'importe quelle heure ?
— Non !
— Eh bien, ma femme non plus.

*

— *Quel est le type de femmes que tu préfères ?*
— Les femmes qui n'ont pas de type !

*

Tu connais l'histoire de l'écrou qu'était amoureux d'une clé à molette et qui lui dit : « Serre-moi fort » ?

*

Ceux qui ont le plus de mal à être amoureux, ce sont les médecins. Parce qu'une fois que tu sais qu'une gonzesse, ça a 7 mètres d'intestin grêle, 3 mètres de gros intestin, 150 mètres carrés de poumons si on développait tout, 7 litres de sang, 1 litre d'urine et 90 % d'eau dans le tout, tu sais que pour tomber amoureux…

*

Il y a des mecs qui ne font l'amour que bourrés. Bah oui, toutes les femmes ne sont pas belles…

*

J'ai un scoop ! Le sexe masculin n'est pas un muscle ! Sinon avec toute la gonflette que je lui ai fait faire depuis que je suis gosse, maintenant j'aurais une troisième jambe !

*

Tu as remarqué ? À chaque fois qu'on dessine un Martien, il est beaucoup plus intelligent que les hommes et beaucoup plus moche qu'eux. Comme quoi les hommes sont très cons : la seule chose qui compte pour eux, c'est d'avoir l'air beau à côté des femmes !

*

Moi, je ne connais que des mecs qui baisent plusieurs gonzesses, et ils arrivent pas à croire qu'on baise la leur. Ils savent pas compter ou quoi ?

*

Vive la partouze, l'Amour avec un grand tas !

*

Vous savez ce que c'est qu'une vieille fille ? C'est la veuve d'un célibataire !

*

Je les aime bien, les futures mamans, mais longtemps avant, quand elles prennent encore la pilule.

*

Envoyez une demande de renseignement à *Trait d'Union,* 10, rue Duvergier, et vous recevrez un journal où il y a des annonces d'échanges sexuels, c'est-à-dire où vous trouverez des hommes qui cherchent des femmes, des femmes qui cherchent des hommes, des couples qui cherchent des couples, etc., et si vous avez perdu votre chien, vous pouvez aussi y mettre une annonce. À condition qu'il soit gros et bien membré…

*

Vous savez comment on appelle un homme qui a les deux yeux dans le même trou ? Un gynécologue !

*

J'ai un copain qui pouvait pas avoir d'enfant. On l'appelait bout filtre.

*

— Ah ! Régine et ses pulls en poil de chameau…
— Elle a des pulls en poil de chameau ?
— Bah oui, et il y a encore les bosses !

*

Régine, elle chante pour tuer le temps. Elle a une arme redoutable, hein ? Je ne voudrais pas être le temps, moi !

*

Je viens de croiser Régine qui revenait de l'institut de beauté. À mon avis c'était fermé.

*

On a tendance à dire que les Belges sont des cons mais toutefois je préconise la méfiance, étant donné que rien qu'en France j'ai rencontré personnellement plus de cons que de Belges.

— J'ai eu un coup de fil de Carlos, il sort de deux semaines dans une clinique d'amaigrissement, il m'a dit qu'il avait fondu de moitié.

— Et qu'est-ce que tu lui as dit ?

— Qu'il aurait pu y rester deux semaines de plus !

*

Carlos a voulu prendre une jeune femme sur ses genoux hier soir. Malheureusement il y avait déjà son ventre !

*

Je n'ai rien contre Chantal Goya, je trouve simplement que c'est le genre de nana que tu peux emmener au cinéma si tu as envie de voir le film !

*

Il y a une bonne femme qui m'a envoyé une paire de chaussons, du 162, je vais en envoyer un à Bouvard, ça lui fera un deux-pièces.

*

Comme disait Yul Brynner, on est peu de chauves !

*

Danièle Gilbert ? On dirait une brouette qu'a perdu une roue.

*

On apprend que Danièle Gilbert a un rhume de cerveau… Normal, les microbes s'attaquent toujours à la partie la plus faible de l'organisme !

*

Dans le journal : « Caroline de Monaco en négligé : l'allure d'une star ! » Tu as raison, avec le négligé qu'elle s'est offert, dis donc, déjà tu peux aller trois mois en Corse ! Et à l'hôtel, pas au camping !

*

J'aime beaucoup Albert de Monaco, mais ils devraient quand même arrêter de se marier entre eux, ça les esquinte !

*

N'écoutant que sa conscience, et respectant les économies d'énergie, hier, Jean Lumière s'est éteint.

*

Aujourd'hui c'est la Toussaint, c'est la fête de tout l'essaim et j'en profite pour dire bonjour aux abeilles !

*

Pourquoi les poules ne se mouchent pas ? Pour que les œufs aient du blanc !

*

Tu sais comment elles font, les mamans visons, pour avoir des petits visons ? Elles font comme les femmes pour avoir des visons.

*

Les boxers, au départ c'est des chiens ordinaires. Sauf qu'ils ont pris une porte dans la gueule quand le cartilage était pas sec.

*

Les chiens, il y en a des biens ! Regarde les bassets par exemple, c'est des chiens qu'ils élèvent dans des tuyaux. C'est avec l'héritage de Pompidou qu'ils font ça. Avec les premiers tuyaux, ils ont fait Beaubourg et avec le reste, ils élèvent des bassets !

*

Comment les hérissons font pour se reproduire ?
Très doucement.

*

Un pigeon voyageur et une alouette recommandée.

*

Il y a très peu de place dans une clarinette pour les canards, c'est pour ça qu'ils gueulent !

*

Une pensée émue pour la Société protectrice des sapins : à Noël plusieurs de mes camarades sapins se sont fait enguirlander et c'est normal qu'ils aient les boules !

*

Les choses sont très bien réparties dans la nature. Dieu a mis les pommes en Normandie parce qu'il sait que c'est là-bas qu'on boit du cidre !

*

J'ai l'impression que c'est pas quand on a fait dans son pantalon qu'il convient de serrer les fesses.

*

J'ai un copain qui a fait un mariage d'amour.
Il a épousé une femme riche. Il aimait l'argent.

Vous savez qu'on n'est pas complètement idiots en France : l'année où les Américains avaient la bombe H, nous, au concours Lépine, on inventait la moulinette à gruyère !

*

États-Unis : 180 kilos d'uranium perdus. Ils pourraient quand même faire gaffe à leurs affaires ! 180 kilos ! Il y a de quoi foutre le cancer à tous ceux qui ont le sida !

*

Je me promenais à Londres, il y a eu un coup de vent et la jupe d'une bonne femme en face de moi s'est soulevée tout en haut. J'ai regardé, tu penses, tout ce que j'ai pu et la bonne femme m'a vu. Elle m'a dit :
— Vous n'êtes pas un gentleman !
— Vous non plus, apparemment !

*

I speak little anglais, ça veut dire je parle, mais mesquin.

*

Le caviar en Iran, il y en a tellement qu'ils croient que c'est du tapioca avec des lunettes noires. Mais, quand même, à ce prix-là ils lui disent vous.

*

149

Je suis allé à Venise. C'est formidable : c'était inondé, et les gens chantaient dans les rues !

*

— *Comment avez-vous trouvé l'Italie lors du tournage de votre film* Le Bon Roi Dagobert *à* Rome ?
— Je vais vous expliquer comment j'ai trouvé l'Italie : je suis allé jusqu'à Cannes, j'ai tourné à gauche, à un moment j'ai vu marqué *frontiera* et c'était là !

*

Les Japonais, quand ils parlent, on dirait toujours, avec leur accent, qu'ils sont en train de pousser. Faut dire que le riz, ça constipe !

*

Comme c'est mignon, les petits Japonais ! Moi, je voudrais bien en avoir mais ma femme n'est pas japonaise et moi non plus !

*

Les restos chinois, j'ai horreur de ça. Ils n'ont pas d'urinoir, ils n'ont que du riz blanc !

*

C'est un mec qu'on interviewe au Chili :

— Alors, heureux de vivre ?

— Non, mais surpris !

*

Vous savez que le jour le plus drôle en Suisse, c'est le dimanche ? C'est ce jour-là que tous les Suisses rigolent des histoires drôles qu'on leur a racontées pendant la semaine !

*

Il faut faire gaffe parce que le père Noël, il passe aussi en Pologne mais, là-bas, il pique les chaussures !

*

Grand concours de plaisanteries politiques en URSS. Premier prix : dix ans en Sibérie !

*

Vous savez pourquoi il n'y a pas de poisson en URSS ? Pour que les gens ne s'aperçoivent pas qu'il n'y a pas de viande non plus.

*

Vous ne le saviez peut-être pas, mais en Turquie les hôtels n'ont pas de salle de bains. On a demandé pourquoi et ils ont répondu : « Vous savez, chez nous les clients restent rarement plus de quinze jours. »

*

Ce que c'est beau, la Belgique ! C'est comme la Corse. Y aurait pas les Belges…

*

Vous savez la différence qu'il y a entre Hitler et Napoléon ? Vous savez pas ? Ben, les mecs, je vous conseille pas d'aller en vacances en Corse !

*

Les hommes ont environ 36 grammes de matière grise et ils n'utilisent en moyenne que 6 grammes. Sauf les Belges, qui eux utilisent tout.

*

« Deux jeunes Belges arrêtés à Montélimar avaient volé à Vienne la fourgonnette d'un marchand de frites. » Tu sais que c'est des drogués, ces mecs-là ! Quand ils sont loin de chez eux, ils volent des camionnettes de marchand de frites, ils en ont besoin !

*

Il y a un mec qui s'est présenté aux élections dans le 14e arrondissement de Paris, et qui n'a pas eu une seule voix ! C'est-à-dire que non seulement il n'a pas voté pour lui, ce qui est très sport, mais en plus il est fâché avec sa femme.

Vous savez ce que disent les Belges qui ne sont pas flamands ? À la rigueur on veut bien passer pour des cons mais pour des Belges, jamais !

*

Est-ce que tu sais ce que les Belges font au réveil ? Ils le remontent !

*

Un Belge s'est tout fait voler dans la rue. Sauf son revolver. Il était bien caché sur lui, les voleurs l'ont pas trouvé.

*

Le grand-duc de Luxembourg a rappelé que, des cinq dynasties qui ont occupé le trône germanique, la famille du grand-duc est la seule qui n'ait jamais fait la guerre à la France. Ce serait pourtant mignon, le Luxembourg qui fait la guerre à la France !

*

Le problème de Jérusalem, c'est que c'est une ville sainte pour tous, les catholiques, les Arabes, les Israéliens, tout le monde. C'est quand même mal foutu ! Pour le prix que coûtent les ruines, on aurait quand même pu avoir plusieurs villes, ça n'aurait fait chier personne !

*

Je ne sais pas qui c'est qui a eu l'idée de mettre Israël là où il est y a trente ans, mais il ne s'est pas gouré, le mec, parce qu'on y a amorti du matériel, dans ce bled !

*

Au Liban je ne comprenais pas ce qui se passait. J'ai été me renseigner. Maintenant c'est officiel : je n'ai rien compris !

*

Vous savez comment on appelle en Israël un bébé de trois mois qui n'est pas circoncis ? Une fille.

*

Ils sont pas mauvais, les Français… dès que les autres sont pires.

*

Il y a des mauvaises langues qui disaient que BZH, ça voulait dire Bretagne zone humide. Mais non ! ça veut dire Bretagne zone à hydrocarbures.

*

Suite au naufrage du pétrolier Amoco Cadiz *près des côtes de Bretagne et à la marée noire qui s'ensuivit :*

Il faut aller en Bretagne. Surtout les grands blonds, ça leur fera des chaussettes noires.

*

Soyez solidaires, mesdames, messieurs, allez en Bretagne ! Rien que pour manger, ils ont déjà mis la nappe, une nappe à fleurs, à fleur d'eau.

*

N'envoyez pas vos gosses à la plage avec un seau et une pelle. Envoyez-les avec un jerrican.

*

Au cinéma, à Brest, on joue *La marée était en noir* avec Jeanne Moreau.

*

Faites des économies d'énergie : les Bretons à qui il en reste, tirez-vous et allez carrément passer vos vacances sur un pétrolier !

*

Vous savez qu'en Bretagne la terre ne vaut plus rien : c'est trois francs le litre.

*

Monsieur Vantenpoupe, un savant belge, nous dit qu'il pense que la marée noire a une influence formidable sur le comportement sexuel des oiseaux car sur les plages de chez nous on a vu des corbeaux qui draguaient des mouettes.

*

Hier dans le *Journal de Genève,* il y avait la liste de tous les champignons comestibles. Malheureusement ils se sont trompés. Les survivants auront rectifié d'eux-mêmes.

*

Affaire Greenpeace... tu te rends compte du nom du couple infernal : les époux Turenge ! Avec tout ce qu'ils ont laissé derrière eux : le bateau pneumatique, les bouteilles de plongée, tout ça, heureusement qu'ils ont pas envoyé les époux Tu Déranges ! Qu'est-ce que ç'aurait été !

*

D'après une étude américaine, la population sera tellement élevée dans deux mille ans que les gens seront obligés de rester debout. Remarque bien que, à mon avis, à partir de ce moment-là les naissances diminueront !

*

Il y a écrit dans le journal qu'il y a des singes de laboratoire qui ont attrapé le sida. J'aimerais bien savoir qui sont les savants qui le leur ont inoculé. C'est pas un gros mot, mais j'ai peur que ce soit par-derrière quand même.

*

J'ai vu qu'on allait projeter un film fait par des scouts. C'est pour rendre idiots ceux qui ont eu la chance de ne pas y aller ?

*

Est-ce qu'on doit dire fioul ou fuel ? Ça dépend si on dit bougnioul ou Bunuel.

*

Le roi du Maroc n'a pas pu venir, alors je voudrais dire aux militaires qui étaient à Orly : REPOSEZ AAARMES ! Parce qu'il y a pas de raison de laisser ces cons-là au garde-à-vous !

*

Si vous avez vraiment envie de vous payer quelque chose que vous pouvez pas vous offrir, le Crédit lyonnais vous expliquera comment vous en passer.

*

Maintenant les morts se mettent à voter. Et je sais pas si vous avez remarqué mais les morts sont à droite. Déjà pour un mec de gauche, mourir, c'était pas drôle, mais alors maintenant qu'on sait ça, c'est terrible.

À Los Angeles, il y a un mec qui est écrasé toutes les heures ! Le pauvre !

*

Dans « l'excellent » *Parisien,* on apprend que le comédien Daniel Auteuil a fait opérer son chien qui avait bouffé soixante-seize pièces de monnaie. Donc si vous avez des gens dans votre famille qui vous bouffent de l'argent, sachez que ça s'opère !

*

J'ai l'esprit large et je n'admets pas qu'on dise le contraire.

*

Je suis pas superstitieux. Ça porte malheur.

*

J'ai jamais été grand. J'ai d'abord été petit, puis j'ai tout de suite été gros.

*

Enfant, je croyais que ma grand-mère était sourde. Je lui criais dans les oreilles, elle ne répondait jamais. Puis on m'a appris qu'elle était muette !

*

J'ai eu du bol, parce que ma mère me disait toujours :
« Arrête de dire des conneries ! » Et tu vois, si je l'avais
écoutée…

*

Quand tu fais pleurer, même si les gens trouvent ça
mauvais, ils disent toujours que ça part d'une bonne
intention. Alors que quand tu fais rire, on prétend
toujours que ça part d'une mauvaise intention.

*

Je suis allé une fois chez le psy. Je lui ai dit : « Je m'excuse, j'arrive en retard. »
Il m'a répondu : « C'est pas grave, j'avais commencé
sans vous. »

*

Je sais pas si j'étais con quand j'étais petit à l'école.
En tous les cas, moi, je changeais de classe tous les ans,
et les profs, eux, restaient dans les mêmes.

*

Mon père est né en Italie, ma mère dans le Nord et
moi à Paris. On a quand même eu du bol de se retrou-
ver, non ?

*

Un curé avait dit publiquement au sermon, comme ça, aux gosses, au catéchisme : « La nuit il ne faut pas mettre les mains sous les couvertures. » Alors les gosses ont cherché pourquoi. Et il y en a qui ont trouvé !

*

Si tu as un gosse de sept ans à garder, suis mon conseil, trouves-en un deuxième. Les gosses, c'est comme les agents d'assurance : s'il y en a un qui t'emmerde, t'en mets deux ensemble, ils te laisseront tranquille !

*

Un conseil aux parents dont le gosse a avalé du sable et du ciment : ne lui faites rien boire !

*

Les parents d'élèves sont contre l'éducation sexuelle dans les écoles primaires. Forcément, tout ce qu'on apprend à l'école, on en est dégoûté à vie.

*

L'archéologie, c'est un métier de feignants : on en a trouvé plusieurs avec les mains dans les fouilles !

*

Le travail, c'est bien une maladie, puisqu'il y a une médecine du travail.

*

J'ai deux enfants, je me suis arrêté là. J'ai lu qu'un enfant sur trois qui naissait dans le monde était jaune. Et j'ai pas envie de me récupérer un Chinetoque !

*

Je tiens à dire que la femme idéale, c'est une femme qui fait la cuisine, qui fait le ménage et qui est là quand on a besoin d'elle, que la mienne n'est pas du tout comme ça et que j'en suis ravi.

*

Jusqu'ici les femmes n'avaient que le droit de se taire, et maintenant on parle de le leur retirer !

*

Tu sais quand on peut commencer à avoir des doutes sur sa femme ? Quand on habite Rouen, qu'on déménage à Montélimar et qu'on a toujours le même facteur !

*

C'est un petit vieux qui retrouve une petite vieille avec qui il a eu une histoire d'amour. Il lui dit :

— Tu te souviens quand je te faisais ton affaire contre le grillage du champ de ton père ?

— Oh oui !

— Ça te dirait qu'on recommence une dernière fois ?

— Oh oui !

Ils vont donc près du champ du père, et il commence à lui faire son affaire contre le grillage. Et là, la petite vieille fait preuve d'un enthousiasme délirant. Le vieux lui dit :

— Ben dis donc, t'as pas perdu la main ! C'était même mieux qu'avant…

— Oui. Mais avant le grillage n'était pas électrifié !

*

Il n'y a qu'une chose qui le préoccupe, lui, c'est le bonheur de sa femme. À tel point qu'il vient d'engager deux détectives pour en découvrir les raisons !

*

Une fille de joie est là pour consommer les hommes de peine.

*

Tu sais quand on devient vieux ? Quand il nous faut toute une nuit pour faire ce qu'avant on faisait toute la nuit !

*

J'ai beaucoup raconté des blagues de handicapés à des handicapés, des blagues d'aveugles à des aveugles, et franchement, de toutes les infirmités connues dans le monde, y a que la connerie qui fait pas rire celui qui l'a.

La meilleure solution pour draguer une gonzesse, c'est de vous assurer le plus vite possible qu'elle veut à tout prix vous sauter, et, à partir de ce moment-là, laissez-vous faire mais pas trop facilement !

*

Est-ce que deux hommes peuvent avoir un enfant ? Non, mais les expériences se poursuivent.

*

Les charbonniers, ils épousent toujours des brunes, parce que les blondes, c'est salissant.

*

Quand les filles ont les yeux cernés, c'est que la place est prise.

*

Je suis gros, hélas ! je suis le désespoir de ma jeune épouse. Au début, je croyais qu'elle avait mauvais goût, puis finalement je lui ai posé la question : physiquement elle m'aime pas du tout. Alors ça va.

*

C'est une femme de ménage qui tient un préservatif

entre ses doigts dans la chambre de ses patrons. La maîtresse de maison entre et dit :

— Eh bien quoi ? Vous paraissez surprise. Vous ne faites donc pas l'amour dans votre campagne ?

— Si, mais pas au point d'arracher la peau !

*

C'est une femme qui dit à son mari :

— Je crois que la petite a mon intelligence !

— Sûrement, parce que moi, j'ai encore la mienne !

*

Moi, j'adore les enfants ! J'emmène mon fils partout. Et pourtant il retrouve toujours le chemin de la maison !

*

Quand j'étais garçon de café, qu'on me demandait les toilettes, je disais toujours : « Pipi ou popo ? » et il y avait jamais personne qui répondait popo.

*

Je ne suis pas d'accord avec ce qu'on dit, je trouve moi que le marron est une jolie couleur. C'est juste l'odeur qui est gênante.

*

Un ancien militaire, ça n'existe pas. Un jour on arrête de travailler mais on reste con !

*

Quatre-vingts anciens combattants australiens vont venir en France pour faire un pèlerinage sur les champs de bataille. Il va donc falloir réserver des places au Casino de Paris pour aller voir Line Renaud qui, comme chacun sait, chantait déjà dans les tranchées.

*

Tu sais ce que c'est, un militaire de carrière qui meurt à la guerre ? C'est un militaire de moins.

*

On envoie toujours des mecs de l'armée pour libérer d'autres gens, mais il y a des mecs dans l'armée qui y sont de force aussi ! Il y a même énormément de mecs qui sont de force dans l'armée ! Déjà il y a tous ceux qui n'ont pas de qualifications et qui n'ont pas voulu entrer dans la police. Et à ceux-là, je tire mon chapeau !

*

Politiquement je me suis fait une culture qui obliga-toirement me suffit puisque je n'en ai pas d'autre !

*

Il y a une majorité silencieuse en France, il paraît. Moi, je trouve plutôt que les cons ouvrent beaucoup leur gueule, mais enfin…

*

Les politiciens, on ne saura jamais s'ils sont sérieux ou si ce sont des comiques froids. Parce que, quand même, entre leurs blagues extraordinaires et leurs promesses intenables, va savoir, toi, si dans le fond c'est pas des professionnels du rire !

*

Je crois que cette fois, politiquement, on est vraiment dans la merde ! J'ai parlé à un chauffeur de taxi, il m'a dit : « Moi, si j'étais à la place du président des États-Unis, je sais pas ce que je ferais… » Ça, c'est la preuve qu'on est vraiment dans la merde : quand le chauffeur de taxi il ne sait pas ce qu'il ferait à la place du président des États-Unis, c'est qu'on est vraiment dans la merde !

*

Politiquement je suis coluchiste, et des comme moi, on est deux mais l'autre veut pas dire son nom.

*

Des nouvelles de la Bourse : hausse de la chemise, baisse du pantalon et va-et-vient dans la fourrure !

*

Avant les hommes, ils vivaient trente ans, c'était pour rien. Maintenant ils vivent soixante-dix ans. Qu'est-ce que tu veux, il faut bien qu'on leur pique du blé. Faut bien que tout augmente en même temps !

*

Eh ! dis donc, t'as vu ça ? Le chômage remonte. Est-ce que par hasard les élections ne seraient pas finies ?

*

Il y a un député qui a trouvé choquant et dangereux que des manifestations aient lieu devant l'Assemblée nationale où justement on discute de problèmes qui intéressent les gens qui font la grève. Il y a donc un député qui a gueulé parce qu'il y a des ouvriers qui trouvent qu'on ne défend pas assez leurs intérêts ! Non mais, le culot des pauvres !

*

S'il y a des smicards qui n'osent pas se jeter par la

L'intelligence, c'est pas sorcier, il suffit de penser à une connerie et de dire l'inverse.

fenêtre, ils peuvent s'inscrire à l'Élysée, il y a un service
qui étrangle les mecs qui n'osent pas se suicider.

*

La justice, c'est le parent pauvre. Ils ont pas assez
d'argent, ils ont pas assez de prisons, pour un peu ils
manqueraient de voleurs.

*

Un innocent en France, c'est un coupable qui ne
risque rien.

*

En politique, la différence entre un traître et un
converti ? Un traître, c'est quelqu'un de votre parti qui
va dans un autre et un converti, c'est quelqu'un d'un
autre parti qui arrive dans le vôtre. Ça n'a rien à voir.

*

Léotard, il fait toutes les conneries qu'il peut pour
être connu dans la politique. Quand on n'a pas de
talent, il faut bien bouger les bras !

*

Bernard Pons a dit que Raymond Barre était une

« monstruosité politique ». Il aurait pu rajouter biologique.

*

Monsieur Barre a déclaré : « Le bout du tunnel est pour l'an prochain. » Voilà une phrase que cet homme pourra répéter toute sa vie s'il le désire.

*

Raymond Barre respire l'honnêteté. Le problème, c'est qu'il est asthmatique.

*

Raymond Barre met les points sur les *i* : « Ma politique économique est bien celle du chef de l'État ! » Voilà qu'il balance les copains maintenant !

*

Barre, il a beau être gros, on en a vite fait le tour !

*

Marie-France Garaud, j'ai l'impression qu'elle a un nom prédestiné à nous étrangler !

*

Monsieur Mitterrand a fait un cauchemar épouvantable : il a rêvé qu'il était tout seul à se présenter aux élections et qu'il était battu quand même !

*

Poniatowski, c'est comme les pommes de terre : le meilleur est sous la terre !

*

Rocard, il a une vraie tête d'accouchement. Le problème, c'est qu'on ne voit jamais sortir l'enfant !

*

Les hommes politiques, c'est comme les cartomanciennes. Tant que les hommes seront inquiets de ce que va être leur avenir, les hommes politiques et les cartomanciennes seront rassurés sur le leur ! En bref, l'avenir des cartomanciennes et des hommes politiques sera clair tant que le vôtre sera foncé !

*

Rocard, c'est un homme de paille en herbe.

*

Évidemment on pourra toujours dire que l'Argentine

a gagné la Coupe du monde. On peut le dire. Mais enfin il y a huit ans, quand c'étaient les Anglais qui organisaient la Coupe du monde, qui est-ce qui a gagné ? Les Anglais ! Il y a quatre ans c'était l'Allemagne qui organisait la Coupe du monde, qui c'est qui a gagné la Coupe du monde ? C'est les Allemands. Cette année c'est l'Argentine qui organisait la Coupe du monde, qui c'est qui a gagné la Coupe du monde ? C'est l'Argentine. Bon. Qu'est-ce qu'il faut que le Bangladesh fasse pour gagner la Coupe du monde ?

*

Dans les déclarations de sportifs, c'est comme dans les déclarations d'hommes politiques : la franchise ne consiste pas à dire ce qu'on pense mais à penser ce qu'on dit.

*

Les arbitres, ils ont touché tellement de pots-de-vin qu'il y en a qui ont été obligés d'emprunter une citerne pour rentrer !

*

Je sais pourquoi ça s'appelle coup franc. Parce que c'est très franc, ce qu'ils se mettent comme coups !

*

Un ballon de football n'a rien à faire dans une cuisine, ou alors dans le frigo pour celui qui les aime bien frais.

*

Qu'est-ce qu'il faut faire pour devenir arbitre ? Il faut manger avec les mains sous la table !

*

Pourquoi les coureurs cyclistes belges ont un jour de repos après les courses ? C'est pour voir les Français arriver.

*

On n'a plus le droit de dire du mal et personne ne dit plus du mal ! Moi, je me souviens quand on était petits, on ouvrait la radio et les mecs canardaient à bout portant tout ce qui bougeait ! C'était déjà Line Renaud qui trinquait ! C'est pour vous dire si la chasse est ouverte depuis un moment !

*

Si on en profitait pour s'emmerder à chaque fois que c'est triste, eh bien, ça ne serait pas gai !

*

Avec la retraite, les mecs ont assez de fric pour vivre peinards jusqu'à la fin de leurs jours. Sauf évidemment s'ils veulent acheter quelque chose.

Line Renaud a trente ans de carrière. Dis donc, elle a commencé tard !

*

Combien tu lui donnes à Line Renaud ? Quarante ans ! Bah, avec les soixante qu'elle a déjà t'es pas sympa !

*

La princesse Anne a refusé d'embrasser un enfant… Moi, je trouve que c'est bien. Parce que, avec le nez qu'elle a, elle aurait pu lui crever un œil.

*

Rika Zaraï, elle fait bouillir l'air avant de respirer.

*

Johnny et sa femme forment un couple extraordinaire : il est extra, elle est ordinaire !

*

J'aime bien Jean-Claude Brialy. C'est un homme qui aime agrandir le cercle de ses amis.

*

Une triste nouvelle : Philippe Bouvard aurait été victime d'une chute d'échelle alors qu'il cueillait des fraises ! Pauvre homme ! Quand on pense qu'il est déjà obligé de se mettre sur la pointe des pieds pour cracher !

*

Ce qui me surprend le plus chez Bouvard, c'est qu'il est bien élevé. Ça compense !

*

Barclay s'est encore marié avec une jeunette. Je suis allé bouffer avec eux au restaurant hier. Le serveur a demandé à la petite :
— Qu'est-ce que ce sera ?
— Une escalope.
— Et pour légume ?
— Donnez-lui la même chose !

*

Il paraît qu'au lit Eddie Barclay est un véritable pur-sang : il n'y a pas moyen de le dresser !

*

— J'ai vu Régine hier soir. C'est fou comme une bouteille de champagne peut la changer !

— Elle avait bu ?

— Non. Mais moi, oui !

*

Est-ce que vous savez d'où vient le triple menton de Régine ? Elle s'est fait remonter les seins !

*

Tu sais comment on reconnaît Dalida à Roland-Garros ? C'est la seule qui tourne pas la tête pendant les échanges. Elle voit Connors et MacEnroe en même temps !

*

C'est fini, on ne fêtera plus l'anniversaire de Régine : rien qu'en bougies on en aurait pour plus cher qu'en gâteau !

*

La Fondation Bogart, c'est un bureau de tabac ! Bogart, tu sais que c'est un de ceux qui en a fait le plus pour le cancer des poumons. Il y a des tas de mecs qui ont toussé pendant des années à cause de lui !

*

Eh, dis donc, Marie Laforêt, on se la foret bien. On n'est pas de bois !

*

Il faut se méfier des proverbes. Il y avait un proverbe dans le cinéma qui disait : tant va la cruche à l'eau qu'à la fin Brigitte Bardot voulait plus tourner du tout !

*

Un mec rentre de voyage et trouve sa femme au lit avec Bouvard. Scandalisé, il lui dit : « Je croyais que tu m'avais promis de ne plus me tromper ! »
Et elle répond en montrant Bouvard : « Mais tu vois bien que j'essaye de diminuer progressivement ! »

*

Les Rothschild sont dans la misère : je les ai vus jouer tous les deux sur le même piano !

*

— Richard Anthony, je me demande comment il faisait, ce gros bide, pour swinguer autant à l'époque…
— Il était moins gros que ça à l'époque…
— Ah bon, il a pas toujours été gros ?
— Si, mais moins que maintenant…

— Tu vois, il était quand même vachement gras-souillet pour un maigre !

*

Il y avait un gosse qui me regardait sur le bord du trottoir et sa mère elle y a fait : « Tu vois, hein ? Si tu es pas sage, tu seras comme ça plus tard ! »

*

C'est vraiment minant d'être aussi bête que moi. Et encore, vous vous rendez pas compte, vous êtes à l'extérieur, moi, j'habite avec, c'est pire !

*

Il y a encore un mec qui m'a écrit hier en me disant : « T'as piqué des trucs à Alphonse Allais. » Ben, je vais me gêner peut-être, je vais me gêner de piquer des trucs à Alphonse Allais… il est mort !

*

— *Je voulais savoir si tu avais un truc quand tu jouais du violon avec des gants de boxe ?*
— Je vais te dire : oui, il y a un truc, il y a un an et demi de boulot.

*

Les effets de l'inflation, je vous explique : le temps que vous gagniez du blé, vous pouvez plus vous payer ce que vous achetiez quand vous étiez pauvre.

— *Qu'est-ce que vous pensez des mots croisés, Coluche ?*

— Je suis pour les croisements, les noirs et les blancs, il faut que ça se mélange, comme ça on sera plus emmerdés !

*

On dit toujours à un Noir : « T'es mon frère », mon beau-frère, jamais.

*

Faut pas croire que tous les gens qui sont touchés par le racisme ont de l'humour. Moi une fois j'ai raconté une histoire de Noir à des Noirs. Je leur ai dit que je préférais avoir un Noir dans la salle que la salle dans le noir. Eh bien, il y a eu un blanc !

*

Si on peut pas se moquer des Arabes, c'est que c'est vraiment des Arabes ! À partir du moment où on peut se moquer d'eux comme de cons ordinaires, il n'y a plus de racisme.

*

Qu'il y ait des organisations antisémites, ça, ça me

fait beaucoup rire ! Déjà, qu'est-ce qu'il faut être con pour être antisémite, mais alors pour être organisé !

*

Si on en juge par les fichiers qu'on a trouvés en Allemagne, il y avait quatre-vingts millions de Français pendant la guerre : quarante millions de résistants et quarante millions de collabos.

*

On dit pas un stylo noir, on dit un crayon de couleur.

*

Moi, j'ai un copain qui vote pour le même depuis des années, et le type n'est jamais élu. À tel point que mon copain se demande s'il est pas mort !

*

Premier ministre, c'est un peu comme maillot de bain. Ça soutient pas grand-chose, mais ça cache quand même l'essentiel.

*

La seule chose dont on soit sûr avec les sondages, c'est que dans l'ensemble les sondages prouvent bien que les gens croient surtout ce que les sondeurs pensent !

*

Il ne faut pas oublier que le rôle des hommes politiques, c'est, le cas échéant, d'affirmer des incertitudes.

*

C'est le même problème que les pommes cuites, les hommes politiques ne sont jamais crus.

*

Je veux bien faire un accord avec les hommes politiques : qu'ils arrêtent de dire des mensonges sur ce qui nous concerne et moi, j'arrêterai de dire la vérité sur eux.

*

L'art de dire la vérité sans mentir, c'est fermer sa gueule.

*

Les sondages, c'est pour que les gens sachent ce qu'ils pensent.

*

On apprend dans le journal de ce matin que Reagan a deux cancers. Que le meilleur gagne !

*

Il était très gros, Pompidou, quand il est mort ! Il a éclaté ! D'ailleurs on a reconstitué ses intestins avec des tuyaux place Beaubourg !

*

Jacques Chirac, il est quand même plus malin que Debré en a l'air !

*

Ça, voyez ! c'est la France, on prend toujours petit, petit, petit. Regarde à l'Opéra, les danseuses, ils les prennent tellement petites qu'il faut qu'elles se mettent sur la pointe des pieds !

*

J'adore les danseuses, j'aime beaucoup les petits rats, mais j'en ai pas chez moi à cause des petites crottes.

*

Quel jour on est aujourd'hui ? Vendredi. Quel beau nom pour un Noir !

*

On dit un jour néfaste ou une journée faste ?

*

Vivement demain que tout soit comme hier !

*

Je me suis tellement habitué à rire que même si je devais mourir subitement, je crois que ça me ferait marrer.

*

Si Dieu existe, vous lui ferez mes compliments !

*

Bon, une quotidienne à la radio, c'est du boulot, d'accord, mais en même temps, ça paye. Moi, quand j'ai regardé mon salaire sur le contrat, j'ai cru un moment que c'était mon numéro de Sécu !

*

Je ne parle pas le japonais, non, enfin… juste assez pour prendre une baffe !

*

Les cimetières ont augmenté leurs tarifs. Eh oui, le coût de la vie augmente !

C'est joli, le progrès ! Demain, quand on offrira un livre à un gamin, il le tournera dans tous les sens pour savoir où faut mettre les piles !

*

Il paraît qu'il y a sur terre une femme qui donne naissance à un enfant toutes les deux secondes. Il faut absolument la trouver pour l'empêcher de continuer !

*

Ce qui est bien avec l'école, c'est que si après on fait de la prison, on n'est pas dépaysé.

*

Plus on pédale moins fort, moins on avance plus vite.

*

Une maxime de charcutier chinois : la rondelle ne fait pas le printemps.

*

Greenpeace, ils feraient mieux de s'occuper des moustiques avant de s'intéresser aux baleines !

*

Les gonzesses sont de plus en plus belles. C'est fatigant à la fin ! On voit bien que c'est pas elles qui bandent !

*

Moi, Chantal Goya, je l'ai connue avant qu'elle soit vierge.

*

Le succès, faut pas croire, c'est une question de chance, tous les ratés vous le diront.

*

On n'a jamais pu me dire à quel âge ça poussait, les dents en or.

*

Bah oui, c'est la crise, c'est-à-dire qu'il va falloir que vous vous passiez de trucs dont vos parents n'avaient pas besoin !

*

Ils vont faire de la bière sans alcool, tu te rends compte… C'est sûrement pour les mecs qu'aiment pas être bourrés mais qu'adorent quand même pisser !

*

Dans les bistrots, on rencontre souvent des gonzesses qu'ont un teint de pêche : jaune et poilu.

*

Alain Delon déclare que les femmes sont folles de lui. À mon avis les femmes sont folles tout court, et Alain Delon n'a rien à voir là-dedans.

*

Jean-Paul Belmondo déclare dans *VSD* : « L'amour, c'est le calme, la paix, la tranquillité. » À mon avis, il s'est gouré, il a confondu avec la sieste.

*

Sylvie Vartan déclare que ses chansons s'adressent avant tout au cœur des gens. Le seul problème, c'est que, pour arriver là, elles doivent d'abord passer par les oreilles.

*

Mais non, Pasqua n'est pas un monstre, il ressemble à un monstre, c'est tout.

*

Je suis allé à une soirée échangiste hier soir. À la fin,

on avait tellement bu qu'on s'est tous mis à draguer nos propres femmes.

*

Je lis pas l'annuaire, moi ! J'attends qu'on l'adapte au cinéma, j'irai voir le film.

*

Jacques Chirac a déclaré que le nucléaire avait de l'avenir, d'accord, mais nous ?

*

Rentrée scolaire morose : manifestation de CG-Tristes.

*

On a eu deux Napoléon : Napoléon Ier, et le second en pire.

*

Tous les départements sont touchés par l'inflation : même le Loir est cher !

*

Je peux pas mettre de short sans qu'on me prenne pour un radiesthésiste : j'ai le pendule qui pend.

*

La principale règle du face-à-face politique, c'est de traiter de menteur celui à qui l'on ment.

*

Le Brésil, c'est tel mambo qu'on pleure quand on samba.

*

Le maquillage selon Line Renaud : avec ton bol de plâtre, tu remplis les trous, tu attends que ça sèche, ensuite tu ponces, et là tu maquilles.

*

Beaucoup de politiciens montent dans les sondages parce qu'à leur stade, pour descendre, il faudrait creuser.

*

La raison des cohabitations ? Droite et gauche s'entendent mieux entre elles que gauche entre gauche, et droite entre droite.

*

Pour avoir une chance d'être Premier ministre, faut être ou un gros qui rassure ou un maigre qui fait peur.

C'est vrai que je ne plais pas à tout le monde. Mais quand je vois à qui je ne plais pas, je me demande si ça me dérange vraiment. J'en suis même très souvent content.

*

Je parle du cul, je parle du cul, d'accord, mais pas l'hiver… l'hiver, je parle du nez !

*

J'ai réussi à dépénaliser le mot « enfoiré ».

*

Du point de vue des critiques, un artiste a toujours un succès disproportionné avec son talent.

*

D'après Pascal, tous les hommes sont bons. Ce que contredisent les plus grands philosophes cannibales.

*

Faire sauter une contravention, y a rien de plus simple. Vous la mettez dans votre main, vous la lancez en l'air, et le tour est joué, elle saute.

*

Régine déclare que le secret de son bonheur, c'est qu'elle ne voit son mari que deux jours par semaine. Je crois que c'est surtout le secret du bonheur de son mari.

*

Un viol, c'est de un à six ans de prison. Je sais pas en fonction de quoi on a un ou six ans, c'est pas précisé. Peut-être qu'il y a des mecs qui ont plus violé que d'autres, à moins que ce ne soit un problème de taille, je ne sais pas moi, une espèce de prix au poids.

*

Le Pen dément avoir tenu certains propos... Le Pen dément ? Vous voyez, on est pas les seuls à dire qu'il est fou.

*

Premier hautbois dans un orchestre, ça, c'est bien. Bah oui, quitte à aller au bois, autant être le premier.

*

— Les femmes m'ont toujours réussi.
— Oui, sauf ta mère.

*

Qui aime bien, charrie bien.

*

Si la Terre tourne autour du Soleil, on se demande ce qu'elle fout la nuit.

*

Un névrosé, c'est le mec qui fait des châteaux en Espagne, un psychopathe, c'est celui qui habite le château en Espagne, et le psychiatre, c'est celui qui prend le loyer.

*

Un Tunisien tabassé dans un car de police. Le flic dit pour sa défense : « Je ne me souviens pas d'avoir entendu monsieur Didi crier sous les coups. » C'est ce qui s'appelle taper comme un sourd.

*

On a croisé un hérisson avec un mille-pattes. Résultat : deux mètres de fil barbelé.

*

Ceux qu'ont fait la guerre, ils veulent s'en souvenir, ils veulent pas qu'on l'oublie, parce que c'est la seule chose qu'ils croient avoir fait de bien dans leur vie.

Et ceux qui ont pas fait la guerre, ils veulent pas en entendre parler, parce que c'est la seule chose qu'ils pourraient faire de mal dans leur vie.

*

Line Renaud, elle a trouvé une combine pour les rides. Pour se tendre la peau du visage, elle porte plus de soutien-gorge.

*

Une pensée chinoise : la luxure, c'est la coupe des vices.

*

Vous avez déjà entendu parler un Danois ? On dirait un Allemand qui parle sous l'eau.

*

Tout le monde parle du rêve américain. Moi, je veux bien, mais je dis que les mecs, au lieu de dormir, ils feraient mieux de bosser.

*

Le bateau à voile, c'est chiant. Mais par temps calme, c'est très, très chiant. À moins de penser à prendre des jerricans de vent, évidemment.

*

Drôle d'époque où ce sont les Allemands qui font des affaires et les Juifs qui font la guerre !

Jane Birkin, elle est mignonne, le seul truc, c'est qu'il faut faire gaffe à ce qu'elle n'ait pas la chair de poule, sinon tu sais plus où sont ses seins !

*

Nouveau crash d'avion. Je ne le dirai jamais assez : vous qui voyagez en avion, exigez de payer à l'arrivée.

*

Avant ils avaient *La Joconde,* aujourd'hui on a la Vache qui rit.

*

On n'habitait pas la même ville. Tous les jours je lui envoyais une lettre. Elle a fini par se mettre en ménage avec le facteur.

*

En général, on épouse une femme, on vit avec une autre et on n'aime que soi.

*

Il faut pas oublier qu'un journal coupé en morceaux,

ça n'intéresse pas une femme... tandis qu'une femme coupée en morceaux, ça intéresse les journaux.

*

Gilbert Montagné en concert à l'Olympia ce soir. Pourvu qu'il trouve !

*

Vous savez comment on reconnaît un gendarme d'un voleur ? Non ? Eh bien, moi non plus !

*

J'ai enfin la réponse ! Ce week-end, j'ai demandé à un flic pourquoi il m'emmerdait, il m'a répondu : « Je suis minable, il faut bien que j'emmerde quelqu'un de connu ! »

*

Je ne sais pas si vous avez remarqué, mais il y a de moins en moins de débats politiques à la télé. On avait déjà fait aimablement remarquer aux hommes politiques que ça nous pompait l'air, eh bien, ça y est, eux aussi !

*

Elle est tellement moche qu'ils l'ont acceptée dans

un club de nudistes à condition qu'elle se mette une feuille de vigne sur la tête.

*

Les seuls problèmes des hommes politiques, c'est de savoir qui aura le couteau, qui aura la fourchette. Là où ils sont tous d'accord, par contre, c'est pour bouffer dans votre assiette.

*

On était tellement pauvres quand j'étais gamin que, pour mon anniversaire, on me montrait la photo d'un gâteau d'anniversaire. Le plus difficile, c'était de souffler les bougies.

*

Le problème avec nos élections, c'est que le résultat compte pour les hommes politiques, pas pour nous.

*

Il est moche, son gosse, faut pas qu'y joue dans un bac à sable, lui, sinon les chats vont essayer de le recouvrir.

*

Et si par hasard un jour les pauvres, au lieu d'aller travailler, s'enfermaient chez eux avec de la nourriture pour trois mois, qu'est-ce qui se passerait ? Quel est le con qui a eu cette idée ? Il faut l'attraper, il est dangereux !

*

Line Renaud, quand elle était jeune, la mer Morte était pas encore malade.

*

C'est pas que je suis gros, c'est juste qu'il est pas très prudent de prendre l'ascenseur avec moi. Sauf si vous voulez descendre, évidemment.

*

Perdre des kilos dans une salle de sport, je vois pas. À moins de se faire arracher un bras par une machine.

*

Je fais deux régimes en même temps, parce que avec un seul j'avais pas assez à manger.

*

Il paraît que l'alcool est déconseillé aux femmes enceintes. Pourtant, entre nous, si y avait pas l'alcool, y aurait pas beaucoup de femmes enceintes.

*

Eddie Barclay, il les épouse de plus en plus jeunes, lui. Remarque, c'est bonnard, parce que comme ça, ce qu'il arrive plus à faire, elles savent pas encore que ça existe !

*

J'aurais bien aimé pouvoir aider tout le monde, mais Dieu aurait gueulé à la concurrence déloyale.

*

Certains commencent à l'extrême gauche et finissent à l'extrême droite. Il paraît que c'est un chemin qu'on fait avec l'âge. J'espère mourir avant.

*

Si toutes les personnes qui en ont les moyens faisaient un don compris entre 50 et 100 francs aux Restos du Cœur, je ne sais même pas si on aurait assez de pauvres.

*

> **Je suis pour l'amour à trois. Parce que si y en a un qui s'endort, il reste toujours à qui parler.**

Je comprends pas tout, mais je parle de tout : c'est ce qui compte.

*

Jean-Marie Le Pen a déclaré qu'il ne donnerait rien aux Restos du Cœur. Je n'aurai qu'un mot : ouf !

*

La grande escroquerie des sondages, c'est de poser à n'importe qui des questions auxquelles personne ne peut répondre.

*

Si l'on s'occupait autant des hommes que des bêtes en ce bas monde, ce serait nettement moins le bordel.

*

Synthol, priez pour nous !

*

Tu te laisses aller, ou tu te les poivrais ?

*

Concile de Trente : les catholiques sont repartis en protestant.

*

Un golfeur éborgne un collègue et demande à homologuer ce dix-neuvième trou.

*

Défense des blagues misogynes et racistes : personne n'empêche les femmes et les Noirs de faire des blagues.

*

Le soutien-gorge est un véritable et indispensable outil républicain : ça soutient la gauche, ça soutient la droite, et ça évite le ballottage.

*

Chirac, tête de liste, ravigote, récupère à des fins politiques la gastronomie française : veau et usage de veau !

*

Le PC et la CGT : un mâle et une femelle qui n'ont jamais réussi à faire des petits.

*

En Chine, on soigne l'impuissance en appliquant des

aiguilles d'acupuncture autour de la bouche. Devinez où ils les plantent pour guérir les bègues…

*

Un groupe de prostituées de la rue Saint-Denis a fait un don aux Restos du Cœur. Pas en nature, évidemment, sinon ce serait les Restos du Corps.

*

Claudia Cardinale au festival d'épouvante d'Avoriaz. C'est terrible, l'âge.

*

S'il faut ressembler à Le Pen pour être français, moi, j'arrête.

*

Avoir mauvais goût, c'est toujours mieux que de ne pas en avoir du tout.

*

Richard Cocciante, comme son nom l'indique.

*

Heureusement qu'on a les syndicats ! Par exemple, l'autre jour, dans une usine, un ouvrier a fait une erreur, il a renversé un truc et il a foutu le feu à tous les bâtiments. Eh bien, si le syndicat n'avait pas été là, puissant, ils le viraient !

*

J'ai appris à danser le twist en écrasant un mégot avec le pied droit et en me frottant avec une serviette dans le dos.

*

On a coupé la jambe gauche de Tito. Maintenant, s'il marche dans la merde, ce sera vraiment du malheur !

*

Tant va la cruche à l'eau qu'à la fin y a plus d'eau !

*

Quand j'ai fait mon premier disque, *Mes adieux au music-hall,* y a des cons qui ont cru que c'était moi qui m'en allais alors que c'était le music-hall qui était en train de disparaître !

*

Raymond Barre n'a jamais été aussi populaire que depuis qu'il n'a plus rien fait.

*

Je dis souvent des conneries en politique, mais au moins, moi, c'est parce que j'y connais rien.

*

Dormir sur son lieu de travail n'est pas un délit, mais l'Assemblée nationale n'est pas un divan non plus.

*

À cause de ses roupillons répétés à l'Assemblée nationale, Raymond Barre pourrait être oreiller de la liste.

*

Avec Eurodisney, Mickey est entré en France. Picsou, lui, est resté aux États-Unis pour la comptabilité.

*

La médecine est à la pharmacie ce que Dieu est à l'Église. L'Église existe, mais Dieu ?

*

Un conseil aux filles qui n'ont pas de jolis yeux : ayez de gros seins et ça passera inaperçu !

J'ai fait tellement de fugues que j'aurais dû avoir mon Bach.

*

Afin de limiter les cas de maladies honteuses dans les régiments d'outre-Rhin qui font grande consommation de prostituées, on a installé pour la première fois dans les casernes cet écriteau : « Soldats, interdit de tirer. »

*

Les Russes ont invité des responsables américains à visiter les centrales nucléaires soviétiques (ça doit certainement être les seuls trucs visitables en URSS), inaugurant ainsi l'ère de l'espionnage touristique. Avant, l'espionnage consistait à cacher ce qu'on avait trouvé, maintenant il consiste à faire visiter ce qu'on a trouvé pour faire peur à son adversaire.

*

Des Algériens ont voulu créer une association de défense des droits de l'homme. Ils se sont vu aussitôt attribuer des locaux par le gouvernement, pour une période de six mois à trois ans… ferme.

*

Bonne nouvelle : les impôts pourraient diminuer de 50 % ! Mauvaise nouvelle : c'est aux États-Unis.

*

La CGT s'est excusée pour la dernière grève de métro. Elle fait bien de s'excuser elle-même, parce que si elle compte sur nous, elle peut toujours se brosser.

*

Comiques syndiqués, grève de plaisanterie !

*

En période de fêtes de fin d'année, on a volé dans les fermes des environs de Londres près de cent soixante-dix dindes. La famille royale n'ose plus sortir.

*

Des Chinois ont manifesté contre le nucléaire : ils ont été reçus, on en a parlé, on ne changera rien, mais ils pourront revenir.

*

Message pour les écolos canadiens : sauvez un arbre, mangez un castor.

*

Vingt-cinq nouvelles vespasiennes pour San Francisco : ça fait une vespasienne pour quatre Francisco.

*

Le Festival de Cannes est ainsi appelé parce qu'il n'y a que des vieux.

*

Y a pas de raisons pour que l'année précédente soit plus triste que la nouvelle, alors plutôt que de souhaiter les meilleurs vœux, je souhaite beaucoup d'humour.

*

On diffuse de la musique dans certains WC publics. Sûrement de la musique de chiottes.

*

Les Soviétiques avaient réussi à créer une race de vaches dotées de cous de girafe : elles bouffaient en Pologne et se faisaient traire en URSS.

*

Les petits Chinois auront des cours d'éducation sexuelle. Cette décision a été prise au Parti, premières concernées.

*

Le troisième sexe ? Franchement, moi, je saurais pas où le mettre.

*

— *Qu'est-ce que vous écrivez sur les autographes ?*
— « Machinalement, Coluche. »

*

Le ministre des flics, en général, c'est un mec fragile, c'est pour ça qu'on le met à l'Intérieur, pour qu'il prenne pas froid.

*

Le 16e, c'est le seul arrondissement où les épiciers ont le bac et où les Arabes sont italiens.

*

La course des garçons de café, ça existe encore ? Il suffit d'aller boire un coup pour s'apercevoir que les mecs s'entraînent plus beaucoup !

*

Elle a grossi, hein, Elizabeth Taylor ? Moi, je serais elle, déjà j'arrêterais de prendre mes aspirines dans de la mayonnaise.

*

On dit que j'ai du talent. Quand je serai mort, on dira que j'avais du génie. Moi, tant que j'ai du pognon...

J'ai un copain, il est moitié juif, moitié italien. Quand il arrive pas à négocier assez un truc, il le pique.

*

Un homme politique de gauche maintenant, c'est un mec qui traite convenablement ses domestiques.

*

Le ministre de l'Intérieur a déclaré qu'il fallait enlever la drogue des rues. C'est déjà ce que font les mecs dans les rues. Ils enlèvent la drogue. Gramme après gramme.

*

Il est midi, l'heure de la faim dans le monde !

*

Chirac, c'est pas le genre à marcher sur ses amis. Le problème, c'est qu'en politique on n'a pas d'amis.

*

Il ne faut pas croire que tous les policiers sont intelligents : ce serait généraliser.

*

Le commissaire Froussard ne comprend pas qu'on puisse porter plainte contre lui pour avoir assassiné l'ennemi public numéro un. « C'est la balle qui l'a tué, déclare-t-il, et personne ne porte plainte contre le fusil ! Moi, je ne suis que le doigt qui a appuyé sur la gâchette, c'est pour dire à quel point j'y suis pour peu de chose ! »

*

Je commencerai un régime le jour où pour chercher un truc dans ma poche je serai obligé d'enlever mon pantalon.

*

En France, on a à la fois les autoroutes les plus chères d'Europe et en plus celles où il y a le plus de bouchons. Alors non seulement faut payer, mais en plus faut attendre pour payer !

*

Quand j'étais gamin, j'étais très têtu. Ma mère m'enfermait dans le poulailler pour me punir. Eh ben, j'étais tellement têtu que j'ai jamais rien pondu !

*

Je suis allé une fois chez une voyante. Elle m'a dit qu'elle voyait autour de moi une grande déception. Elle a compris de quoi il s'agissait quand je lui ai dit que j'avais oublié mon portefeuille.

*

Le docteur m'a demandé de suspendre mon traitement. Depuis, je porte mes suppositoires en collier.

*

La dernière fois que j'ai vu une bouche comme la tienne, y avait un hameçon de planté dedans !

*

Ça, c'est bien les bonnes femmes ! C'est elles qui nettoient, qui cuisinent, qui remplissent les sacs-poubelles, et ça serait à nous de les descendre ? Faut pas déconner !

*

Elle a peur du noir ? Attends qu'elle me voie à poil, après elle aura peur de la lumière !

*

J'ai des copains qui ont un chien. Son os favori, c'est mon mollet.

*

Une fois, un mec m'a menacé avec son couteau. Mais c'était pas un pro, y avait encore du beurre sur la lame.

*

17 % des femmes ne portent pas de culotte. Enfin, d'après des marchands de chaussures…

*

On n'a pas besoin d'être riche et célèbre pour être heureux, il suffit d'être riche.

*

Je suis allé voir le dernier Godard au cinéma. Eh bien, croyez-moi, la fin est heureuse : on finit en effet par sortir de la salle.

*

On a arrêté un type sur l'autoroute à 266 kilomètres-heure. Il a prétendu qu'il était en train de doubler un camion. À mon avis, à cette vitesse-là, il aurait même pu le tripler !

*

Dans « l'excellent » *Libération,* on lit qu'un couple vient de mettre au monde son vingt et unième enfant.

Donc, si le mec m'écoute : c'est ta femme qui doit la prendre la pilule, pas toi !

*

Il paraît que le président américain aurait dit au président russe que leurs deux pays devront faire une alliance en cas d'attaque extraterrestre. Alors je vous en prie, Martiens, attaquez la Terre pour qu'on vive en paix !

*

J'ai reçu un courrier d'un monsieur qui fabrique des modèles réduits, et comme son entreprise marche bien, il en cherche une plus petite.

*

Après une pétition d'aveugles, *Playboy* vient de sortir aux États-Unis sa première édition en braille. Je me demande à quel endroit ils ont mis les trous.

*

Toutes les puissances de l'ONU se sont prononcées contre le terrorisme. Alors, ou c'est le terrorisme qui devra s'arrêter, ou c'est l'ONU.

*

Les filles, c'est mon pognon qu'elles aiment, pas mon gros bide. Et même si j'ai assez de charme pour leur faire oublier mon gros bide, j'en aurai jamais assez pour leur faire oublier mon pognon.

Un usager d'Air France vient de se faire gauler avec 10 kilos d'héroïne dans sa valise, on peut donc dire qu'à Air France le trafic est interrompu. On lui souhaite un bon avocat de la défonce.

*

Le Pen a dit qu'il était contre le porno de Canal. Remarque, c'est vrai que lui il voit que la moitié de l'écran, il est obligé de regarder deux fois pour trouver ça excitant.

*

Chirac : « Contre le chômage, il faut travailler davantage. » Oui, et contre la pauvreté, il faut être plus riche.

*

S'il n'y avait pas de pickpockets, y a des femmes qui n'auraient aucune vie sexuelle !

*

Moi, ma mère, les nausées, elle les a eues après ma naissance.

*

Le problème avec les gens, c'est que quand on leur dit qu'il y a trois cents milliards d'étoiles, ils nous croient, mais quand on leur dit que la peinture est fraîche, il faut qu'ils mettent le doigt sur le mur pour vérifier.

*

L'homme et la femme sont comme les deux faces d'une même médaille, ils ne peuvent pas se voir, mais ils restent ensemble !

*

La bonne santé n'est que la plus lente des façons de mourir.

*

Ce sont les grandes perversions qui font avancer le monde. Par exemple, on n'aurait jamais connu le lait si un jour un obsédé ne s'était pas dit qu'il allait avaler ce qui sortirait des pis d'une vache après les avoir un peu branlotés.

*

Ce qui est bien, c'est que les gens se reconnaissent en moi. Les plus cons, les plus laids se disent : « Si un mec comme ça peut réussir, pourquoi pas moi ? » Je suis l'idéal des médiocres.

*

Dès qu'un homme politique devient président, il se fait immédiatement la tête du timbre.

*

On a beau dire, eh bah, des fois, c'est le contraire !

*

Les mecs, y font des voitures sans permis, y feraient mieux de faire des voitures sans alcool !

*

L'homme descend du singe, surtout sur la tête, sous les bras et au niveau du maillot !

*

Les zones érogènes, vous pouvez pas vous tromper, c'est celles qui font le plus mal quand on se cogne.

*

Le socialisme a été inventé par des gens, alors que le capitalisme n'a été inventé par personne. Le capitalisme existe depuis que le monde est monde. De tous temps, des gens se sont dit que ce serait bien de pouvoir faire faire son boulot par un autre.

*

Coup d'État à Madagascar. Eh oui, Tananarive pas qu'aux autres !

*

Lors de ma campagne présidentielle, j'ai fait plus d'entrées payantes que tous les autres réunis ont fait d'entrées gratuites. C'est quand même un signe, non ?

*

Je suis pour la fidélité dans le couple. À condition qu'on n'ait pas à se forcer.

*

Les Restos du Cœur, c'est pas de la charité, c'est de la redistribution. Merde alors ! ça leur appartient, aux gens, la bouffe que je leur refile ! Dans leurs impôts, ils paient pour les excédents alimentaires, non ?

*

Le travail n'est pas un but dans la vie. Le but, c'est d'arriver à rien foutre. Et à part gangster et homme politique, y a pas beaucoup de boulots où on peut gagner de l'argent sans se fatiguer.

*

Le beauf, c'est le mec qui reproche au gouvernement le mauvais temps en été.

*

En parlant des cons, je parle de moi. Mais dans la salle, chacun pense à son voisin.

*

Les autographes, faut en prendre bien soin, parce que ça sert strictement à rien.

*

L'air con me fait la vie facile.

*

Les enfants, c'est cruel. Après, quand ça grandit, ça porte un autre nom, mais ça reste quand même des enfoirés !

*

On veut me mettre en prison parce que j'ai traité un flic d'enculé. C'est formidable, je croyais toutes les taules surpeuplées. S'ils commencent à y mettre tous ceux pour qui les flics sont des enculés, va finir par y avoir du monde !

*

Quand je me suis présenté, j'ai fait peur aux hommes politiques, quand j'ai fait les Restos, je leur ai fait honte.

Les grands thèmes, l'Amour, la Liberté, la Coiffure, je m'en méfie.

*

Les journalistes de la télé, c'est des poudrés. Avant d'avoir un stylo, ils ont un peigne. Et ce sont de sacrés équilibristes : essayer de se faire remarquer sans faire de vagues, c'est un métier !

*

Le vrai problème avec les drogues dures, c'est que les politiques qui en parlent voient souvent la poutre que les autres ont dans l'œil, mais rarement la paille qu'ils ont dans le nez.

*

On m'a offert un poster de Jean-Luc Lahaye. Plus un poster gênant qu'un poster géant. Enfin, quand on voit sa tête, une chose est sûre, c'est un poster rieur !

*

Que celles qui trouvent que je suis gonflé se manifestent, je leur montrerai la valve !

*

Depuis que les Américains ont ralenti l'importation,

on a des problèmes de production de brie. On fait trop de brie, paraît-il. Ce qui est pourtant formellement interdit, surtout après 22 heures !

*

T'habites à Milan ? Eh bien, bon anniversaire !

*

On apprend dans le journal de ce matin qu'un pilote de chasse s'est fait arrêter par les flics à 260 kilomètres-heure. Il volait trop bas ?

*

J'ai jamais compris les marées. Je vois pas où passe l'eau qui manque. Pareil pour les érections.

*

Dis donc, ce matin, je me lève, je m'habille, je mets ma chemise, le bouton me reste dans la main, je mets mes chaussures, le lacet me reste dans la main. Alors je me suis dit qu'il valait mieux pas que j'aille pisser !

*

Les baffes, c'est comme les médailles, quand on les a méritées, c'est trop tard.

*

Le problème avec les journalistes qui viennent m'interviewer, c'est qu'on a l'impression qu'ils ne lisent pas les journaux. Ils ne savent rien. Alors, maintenant, quand ils commencent par me poser, dans l'ordre, les trois questions suivantes : « Coluche, c'est votre vrai nom ? », « La salopette, pourquoi ? » et « Où est-ce que vous allez chercher tout ça ? », je me tire.

*

— *Coluche, est-ce qu'il vous arrive d'avoir mauvais caractère ?*
— Tous les jours, monsieur. Et à la même heure !

*

Moi, je veux bien être candidat à tout, si demain y a Miss France, j'me présente !

*

Dans notre métier, il faut savoir dire oui pour se faire un nom.

*

Je suis un gros lard, mais avec le pognon que je gagne, j'aime autant que ça dure.

*

Les shampouineuses shampouinent. Et à quoi ça sert, les tanks ?

*

Pour les dames qui voudraient m'écrire, je sais où on peut trouver des chocolats fourrés à la laitue.

*

J'ai déclaré que j'étais candidat à la présidence de la République, comme trente-trois autres mecs qui se sont dit : « Tiens, j'ai un livre à vendre. »

*

Tout le monde a dit que ma candidature était pas sérieuse, en voulant dire par là qu'elle était pas chiante. Dès que c'est chiant, alors ça va. On peut parler politique.

*

Moi, je demande que ça, être de gauche, à condition qu'elle existe.

*

Selon la Nasa, la navette américaine a explosé à cause d'un joint. Messieurs les pilotes, merci donc, à l'avenir, de vous abstenir de fumer pendant le décollage des navettes !

*

J'ai fait mon service militaire au fort des Rousses, je sais même plus où c'est, mais ce dont je me souviens, c'est qu'il faisait tellement froid là-bas que même les filles se gelaient les couilles, c'est pour vous dire !

*

Comme dit un cadre du parti communiste après une élection : ça me laisse sans voix !

*

Palestine : il faudrait rappeler à Israël que le crime ne paie pas !

*

La Lune est habitée. La preuve, c'est allumé tous les soirs.

*

Les médecins belges viennent de se mettre en grève pour une durée illimitée. Les malades reprennent enfin espoir.

*

Le nudisme vient juste d'être autorisé en Angleterre. Ils n'ont rien à craindre, remarque, avec le climat qu'il fait, y a que les plus poilus qui pourront en profiter !

*

**En sport, je suis amateur de tennis. Je fais
du 40.**

Victoire de la droite, victoire du RPR, surtout. Et donc, une petite pensée à méditer pour l'UDF : quand on mange une tartine de beurre, les dents du bas n'ont que du pain sec.

*

Christine Ockrent a accouché. Pourvu que ce soit un gosse !

*

Quand j'étais gamin, moi, j'écrivais au Père Noël : « Si t'as besoin de quelque chose, hésite pas à m'écrire ! »

*

J'ai croisé une femme dans un sex-shop, son mari était en panne, elle venait changer les piles.

*

Moi, je propose de mettre une institutrice dans la fusée Ariane. Pour que la maîtresse décolle !

*

Quand on voit tous ces hommes politiques qui font des magouilles, qu'écopent de non-lieux devant les juges et qui restent en place, on peut se dire que, s'il n'y a pas vice de forme là-dedans, il y a au moins une forme de vice.

*

Jacques Chirac : un homme étonnant. Il a serré la main à toute la France et pourtant, lui, il n'en a qu'une.

*

J'ai bouffé dans un super-resto hier soir, près de l'Étoile. J'ai essayé de couper mon steak pendant à peu près une demi-heure avant d'appeler le garçon qui n'a pas voulu me le changer sous prétexte que je l'avais ébréché.

*

Le problème avec Dieu, c'est de savoir comment ça marche. Si tu pries pour avoir une bagnole, tu l'auras pas. Mais si tu la piques et qu'ensuite tu pries pour qu'il te pardonne, là ça peut marcher.

*

Je ferai le Paris-Dakar le jour où ils auront viré le sable tout le long pour mettre du goudron.

*

J'ai été au mariage d'une copine hier soir. Une ex à moi. J'ai été éliminé en demi-finale.

*

Vous savez ce qu'il y a de tatoué sur le derrière des homos masos ? « Frappez avant d'entrer ! »

*

J'ai pas vu Jean-Paul II, d'accord, mais j'ai vu *Rocky III* !

*

Il paraît que le PC a demandé qu'on change les travestis de bois, qu'on les enlève de Boulogne pour les mettre à Vincennes. Comme quoi, c'est bien le parti des trav'ailleurs.

*

Soirée électorale hier soir. On a vu des choses extraordinaires. On a vu Le Pen parler d'intelligence. Par ouï-dire certainement.

*

Manifestation d'homos dans le Bas-Rhin : quoi de plus normal ?

*

Les lepénistes sont français. Le problème, c'est qu'ils ne sont que ça.

Moi, j'aime beaucoup le caviar, mais j'en mange pas souvent parce que ma femme enlève la peau, alors ça prend des heures.

*

Contrairement à ce qu'on pourrait croire, l'épître n'est pas la femme de l'apôtre.

*

Ils sortent un film cette semaine : *Femme entre chien et loup.* Si elle ne se fait pas mordre, celle-là, elle aura du bol.

*

Le pilote de l'*Amoco Cadiz* a eu une amende de 36 francs. Moi, pour avoir insulté un flic, j'ai eu 300 000 francs d'amende. La prochaine fois que je ne serai pas content, j'ai compris, je vais couler un pétrolier en Bretagne !

*

Il n'y a rien qui amuse plus les gens sans talent que d'entendre parler d'eux dans le poste. C'est pour ça que les hommes politiques font de la politique.

*

Le clergé a beaucoup discutaillé pour savoir si Galilée avait eu raison, si la Terre était ronde ou plate, si elle tournait, etc. Bref, finalement y a un évêque qui s'est levé pour apporter du poivre à son moulin et qui a dit : « C'est curieux parce que Jane Birkin, elle est plate et pourtant au cinéma elle tourne ! »

*

À Marseille, un Maghrébin qui était candidat à la députation depuis huit jours a déjà été attaqué trois fois. Je vous dis pas s'il avait demandé à être Premier ministre combien de fois il serait mort.

*

Alain Delon a déclaré : « Si Le Pen avait ma gueule, il serait élu. » C'est bien la preuve que si Alain Delon savait parler, il pourrait faire de la politique.

*

On ne doit pas croire tout ce qu'on nous dit. Mais on peut le raconter…

*

Je suis venu avec un pote magicien. Il va revenir, il est juste parti faire un tour.

*

En Thaïlande, les prostituées ont augmenté leurs prix et les clients ont gueulé : non seulement, elles leur vident les bourses, mais en plus elles leur vident les bourses !

*

Ma position politique : au-dessus des partis. Dans les poils, si on préfère…

*

Alcoolisme. Celui qui se fait prendre en Iran, y raque !

*

Robert Badinter 2 à 0.

*

À Rio, un Boeing n'a pas réussi à sortir le train. Accident de train donc, ce qui pour un avion est quand même le comble. Il a dû se poser sur le ventre. Les travestis sur place ont déclaré : « Nous, on est habitués à atterrir sur le ventre, y a aucun problème et personne nous emmerde ! »

*

Le président de l'Allemagne visite Israël avec sa famille. Je sais pas si vous avez vu les photos, mais ils étaient tous habillés en vert, sa femme en vert macht, et ses gardes du corps en vert botten !

*

En Tunisie, une manifestation d'Arabes contre la pauvreté. C'est un pays où y a décidément trop de Beurs et pas assez de pain !

*

Le parti socialiste nous dit : « Faire un pas à droite, c'est faire trois pas en arrière. » Ça va donc être une campagne électorale très danse.

*

Vous savez comment on reconnaît un chien d'aveugle ? Y a un aveugle au bout !

*

C'est un mec qui téléphone au garde-meuble :
— Allô ! Est-ce que vous vous rendez à domicile ?
— Non, monsieur, le garde-meuble ne se rend pas.

*

Aujourd'hui, on est jeudi, on s'en fout, ça change tous les jours.

*

L'année prochaine, la vignette auto sera ronde. On l'aura dans le cul tout pareil, mais au moins on ne se blessera pas avec les coins.

*

Charles Pasqua déclare : « Je connais les remèdes politiques pour redresser la France. » Après quarante ans de carrière, il est un peu con de pas les avoir donnés plus tôt, non ?

*

Françaises, Français, nous envisageons un redressement dans cinq ans. En effet, dans cinq ans, nous serons considérés comme un pays sous-développé auquel viendront en aide les pays industrialisés.

*

De nouvelles affiches ce matin dans la rue : « Au secours, la droite revient ! » Vous avez dû les voir. On a cherché évidemment qui c'est qui les a posées. Eh bien, figurez-vous que c'est le PS qui fait campagne pour dire qu'il a perdu d'avance !

*

Le président russe était à Paris pour les soldes aux Galeries Lafayette. Il était arrivé à crédit, il est reparti content.

Les Arabes ont fait beaucoup de progrès. Maintenant, y en a des riches. Y en a aussi des pauvres, rassu-
rez-vous ! Vous n'allez pas être obligés de bosser tout
de suite !

*

J'ai fait l'Écosse en autocar. J'vous l'conseille pas,
c'est un peu comme l'Australie en kangourou !

*

Un coiffeur, c'est un dentiste pour la tête.

*

Je me suis tout le temps fait rouler quand j'étais
gosse. On m'disait par exemple : « Mets pas tes doigts
dans ton nez ! » Puis finalement mes doigts ont grandi
en même temps que mon nez, ça s'est très bien passé.

*

Monsieur Reagan a dit qu'il allait donner de l'argent
clandestinement à ceux qui luttent contre le commu-
nisme en Angola. Alors, il va donner l'argent – j'suis
d'accord –, mais clandestinement… Maintenant qu'il
l'a dit, ça m'étonnerait, ou alors c'est moi qui suis
con.

*

Naître, c'est un traumatisme, d'après les journaux. Pour moi, ç'a surtout été une surprise. Je m'y attendais tellement peu que j'ai même pas eu le temps de m'habiller.

*

De retour de Pologne : rien ne change, niveau fringues, c'est toujours l'abbé Pierre le fournisseur exclusif !

*

Sophie Favier porte une perruque. Pas sur la tête, sur la langue.

*

Plutôt que de se parfumer de partout, il vaut mieux puer de nulle part.

*

D'un penseur arabe : est-ce la poule qui philosophe, ou l'ophe qui fit la poule ?

*

Vivre en HLM, y a pas que des inconvénients. Bah oui ! Les murs sont tellement minces que c'est quand même le seul endroit où tu peux avoir un orgasme quand c'est tes voisins qui font l'amour. Ça t'évite de vivre à deux, tu fais des économies.

*

— *Que fais-tu lorsque tu ne fais rien ?*
— Rien.

*

Quand on pense qu'il suffirait que les gens arrêtent d'acheter des saloperies pour que ça ne se vende plus !

*

Moi, j'en connais un, de gynécologue, pour pas perdre la main pendant les vacances, il repeint le corridor en passant la main par la boîte aux lettres.

*

Le meilleur moyen d'enrayer l'hémorragie des accidents du travail est sans doute d'arrêter de travailler. Ce qui aurait malheureusement pour conséquence immédiate d'augmenter les accidents de vacances.

*

À l'administration, on devrait lui confier l'inflation ! Ça la stopperait pas, mais ça la ralentirait considérablement, quand même !

*

Se pencher sur son passé, c'est risquer de tomber dans l'oubli.

*

Y a-t-il une vie après la mort ? Seulement Jésus pourrait répondre à cette question. Malheureusement il est mort.

*

À chaque fois que je vois une femme qui me plaît, soit c'est elle qui est mariée, soit c'est moi !

*

C'est un chanteur, dont on ne dira pas le nom, qui sort de scène après avoir été sifflé copieusement et qui dit : « Ah, si on les écoutait, on chanterait jamais ! »

*

On me demande souvent si j'ai l'intention de sortir un bouquin de toutes mes conneries. Honnêtement, je pense pas qu'il y ait une librairie assez grande pour toutes les contenir.

Coluche
dans Le Livre de Poche

Ça roule, ma poule   n° 30073

Je me bats contre les pédants, les cons et les tartuffes, disait Coluche et, sur ce front-là, il était infatigable. La preuve en est, ses sketches par dizaines, ses trois ans d'interventions quotidiennes à la radio, les multiples entretiens dans la presse et autres émissions de télévision, d'où sont tirés ces pensées et ces textes, restés jusqu'ici inédits. Que ce soit sur la politique : Pour avoir une chance d'être Premier ministre, faut être ou un gros qui rassure ou un maigre qui fait peur ; la société : Les mecs y font des voitures sans permis, y feraient mieux de faire des voitures sans alcool ! ; ou les rapports entre hommes et femmes : Je suis pour l'amour à trois. Parce que si y en a un qui s'endort, il reste toujours à qui parler. Aujourd'hui encore, Coluche est incomparable. On retrouve intactes, dans ce livre, toute sa générosité, ses colères et sa truculence.

Coluche par Coluche   n° 30537

Ouvrez ce livre à n'importe quelle page : vous êtes sûr d'y trouver une phrase qui vous fera rire. Ou une vérité politiquement incorrecte. Cet ouvrage est un document. Un recueil d'entretiens donnés dans les journaux, les magazines et à la radio, pour la première fois réunis en volume. Coluche s'y confie et balance avec son humour et sa verve légendaires. Comme le note Philippe Vandel dans sa présentation : « Coluche est incontrôlable. Et imprévisible, avec son flingue à tirer dans les coins. Il est là où on ne l'attend pas. Et pas politiquement correct pour deux ronds. Il appelle un chat un chat et ne tourne pas autour du pot. Ça fait du bien. Ça heurte aussi. » Que ce soit sur l'enfance, la politique, l'argent, la société, le sexe, le show-biz, la force de ses propos est intacte. Sa liberté de ton et d'esprit, ses excès, son humour dévastateur nous font, aujourd'hui plus que jamais, cruellement défaut. « Enfoirés » et autres bien-pensants s'abstenir !

Elle est courte mais elle est bonne   n° 15263

Au cours d'innombrables émissions de télévision et de radio – notamment sur Europe 1 et Canal + –, l'humoriste le plus inventif et le plus incontrôlable des années 1980 a raconté des centaines de blagues, imaginées par lui ou réadaptées à sa manière. Jamais reprises en scène, elles n'avaient connu qu'une seule diffusion. Les voici enfin recueillies et transcrites comme il les racontait, avec sa gouaille, ses calembours, son irrespect joyeux de toutes les bienséances. Sujets de prédilection : le sexe, la vie de couple, la politique, le quotidien… et bien d'autres. Un festival de rire qui n'épargne personne et ravira les fans – toujours innombrables – de Coluche.

Et vous trouvez ça drôle ?   n° 14809

« Si on en profitait pour s'emmerder à chaque fois que c'est triste, eh bien ce ne serait pas gai ! » « Je suis la manivelle des pauvres : je leur remonte le moral. » Durant près de quinze ans, Coluche a été le provocateur public n° 1, l'incitateur continuel et indomptable à l'irrévérence et au rire. A la générosité, aussi, avec la fondation des « Restos du cœur ». On retrouvera ici le Coluche quotidien, avec ses outrances, ses questions, ses coups de griffe, ses colères, et surtout sa verve, son humour ravageur qui n'épargne rien ni personne. L'actualité, les vedettes, la politique, le chômage, les affaires, l'Administration, tout et tout le monde y passe ! Un festival d'éclats de rire, entièrement inédit, tiré de ses innombrables interviews et émissions de télé ou de radio, comme à Europe 1 où il animait la tranche de l'après-midi.

L'horreur est humaine   n° 9655

« Les technocrates, si on leur donnait le Sahara, dans cinq ans il faudrait qu'ils achètent du sable ailleurs. » « Se pencher sur son passé, c'est risquer de tomber dans l'oubli. » « Et puis l'horreur est humaine ! Tout le monde le sait. » Coluche tel qu'en lui-même, dans ces perles de culture resurgies du fond de son humour… Des pensées décapantes, des aphorismes dérangeants, des instants de poésie, le tout agrémenté, pour le plaisir, d'histoires irrésistibles.

Pensées et anecdotes   n° 14382

A qui lui demandait quel était son principal trait de caractère, Coluche répondit : « Je suis bavard. » De cet heureux défaut naquirent des sketches, des émissions de radio et de télé, des interviews, et le plus formidable éclat de rire qui ait secoué les années 1970-1980. Clown, comédien, provocateur, candidat à la présidence de la République, fondateur des « Restos du cœur », Coluche a tour à tour séduit et agacé, choqué parfois. Sa truculence, sa totale liberté de parole et sa disparition tragique en ont fait une figure emblématique de son époque. Ce livre, qui réunit un grand nombre de ses meilleures trouvailles, permet de lui donner sa vraie place : celle d'un des plus étincelants humoristes français de la seconde moitié du XXe siècle, continuateur de Pierre Dac et de Francis Blanche.

Composition réalisée par Chesteroc Ltd.

Achevé d'imprimer en mai 2008 en Espagne par
LITOGRAFIA ROSÉS S.A.
Gava (08850)
Dépot légal 1ʳᵉ publication : mai 2007
Édition 02 : mai 2008
LIBRAIRIE GÉNÉRALE FRANÇAISE – 31, RUE DE FLEURUS – 75278 PARIS CEDEX 06

31/1940/1